눈물의 깊이

눈물의 깊이

2020년 12월 30일 초판 1쇄 펴냄

지은이 박선욱
펴낸이 신길순

펴낸곳 (주)도서출판 삼인
전화 02-322-1845
팩스 02-322-1846
이메일 saminbooks@naver.com
등록 1996년 9월 16일 제25100-2012-000046호
주소 (03716) 서울시 서대문구 성산로 312 북산빌딩 1층

표지, 본문 디자인 끄레디자인
인쇄 수이북스
제책 은정

값 12,000원

이 책은 서울문화재단의 지원을 받아 제작되었습니다.

박선욱 제5시집

눈물의 깊이

삼인

일찍이 인류가 한 번도 경험해 보지 못한 역병이 온 세상을 뒤흔든 한 해였다. 코로나19로 인한 팬데믹이 선포되었을 때 우리는 새벽 한파 속에서 마스크를 사기 위해 긴 줄을 서야 하는 전쟁 같은 나날의 포로가 되어 있었다.

이 끝 모를 혼돈 속에서 또 한 권의 시집을 내려 하니 마음이 무겁다. 하지만, 시가 오지 않는 밤이면 나는 등불을 켜고 시를 찾아 나설 것이다. 두터운 안개 너머, 깊디깊은 어둠 너머 푸르스름하게 밝아오는 새벽 미명과도 같은 언어의 사원에 도달할 때까지.

2020년 12월
고봉산 자락에서
박선욱

차례

1부

지난밤 떨어진 꽃

갓밝이에 이슬처럼 반짝이는 게 있어
조심스레 주워 드니
지난밤 떨어진 난蘭 꽃 한 송이

기도하듯 모아 올린 꽃잎 두 장
좌우로 늘어뜨린 꽃받침 한 쌍
아래로 내밀어진 입술꽃잎 하나

누가 있어 억겁 세월 동안
이토록 팽팽한 짜임새 만들었나
완벽한 균형, 그 끈마저 놓아버린
떨어지는 순간의 서늘함 가늠해보며
그 자리 멈추어 마음 추스를 때

문득 들려오는
꽃술 속 맥박 뛰는 소리
은은한 향 내음 번질 때마다
손바닥 타고 전해져 오는
따스한 숨결

프리지아

난생처음 인터넷으로 꽃을 주문했습니다
거짓말처럼 며칠 내에 택배가 도착했습니다
아파트 현관 벨이 울려 나가 보았더니
배달 직원은 보이지 않고
기다란 골판지 상자만 덩그러니
문 옆에 세워져 있었습니다
코로나19로 인한 비대면 배송 방식
신선하면서도 낯설었습니다

베란다에서 골판지 상자를 연 순간
환하게 웃어주는 새로운 벗
눈부셨습니다

이른 봄부터
프리지아 프리지아
노래 부르던 아내는
춘분 지나서야
노랑 분홍 베고니아를 사고는
흥에 겨워했었지요

그보다 더 좋은 일이 뭘까
봄을 더 붙잡을 수 있는 방법은 뭘까
생각하다가 덜커덕 인터넷 주문을 한 끝에
저리도 곱고 화사한 꽃 프리지아가 온 것입니다

아내는 빈 화분에 대파 같은 줄기와 잎 가지런히 모아
조심조심 흙도 부어주고
두 손으로 꾹꾹 눌러 다진 뒤 물을 주었습니다

다음 날 일어나 보니
거실이 온통 촛불을 켜놓은 듯
샛노란 향기로 가득했습니다
늦봄에 찾아온
한 그루의 축복이었습니다

야와 여의 차이

꽃샘추위가 오던 날
아내가
"군자야,
꽃을 피워줘서
고마워."

옆에 있던 나는
"여인의 이름이 되었군.
군자여!
부르면 의젓한 사내인데."

담쟁이 넝쿨

보이나요
벽돌담 기어오르는 여린 손가락들
산자락 어디쯤 불쑥 튀어나온
단풍잎처럼 흔해 보이다가도
문득 들여다보면 치열하게 타오르는
가늘고 긴 투지
보이나요 초록 잎새 붉은 꽃잎
겨우 예닐곱 줄기만으로 거친 담벼락 기어올라
늦가을 찬 공기 속 기어이 터뜨리는 함성
벽돌담 모서리 단단히 뿌리내려
비바람에도 끄떡없는 야무진 자세
풀무질로 달구어진 터질 듯한
저기 저, 상처로 얼룩진 피눈물 보이나요

둘 사이

마당에 나란히 서 있는 무화과나무와 목련
그들은 적당한 거리를 두고 떨어져 있다
비가 오면 서로의 잎으로 빗물 털어내주고
눈 내리면 가지마다 눈꽃 피우면서
그저 말없이 마주 바라보며 웃음 짓는다
한낮이 지나고 저녁 어스름 몰려오면
둘은 땅 밑으로 가만가만 손 뻗어
서로의 뿌리 말없이 어루만져주고는
밤을 이불처럼 펴서 다독다독 덮어준다

첫눈 오는 소리

오늘 아침 눈송이처럼 떨어진 꽃잎 한 장
조심스레 주우니 얇은 살결 따스하다
얼마 전 누군가가 전해 준 흰 장미
그중 한 송이 추려 유리잔에 넣어둔 뒤부터
은은한 향기 맡으러 가끔 다가가곤 했다
첫 잎 틔우던 때는 어떠했을까
꽃망울 맺히려 할 때
솜털 같은 가시 여미려 할 때
꽃대 조심스레 밀어 올리려 할 때
간지러웠을까 조금은 아팠을까
봉오리로 맺히려 할 때
꽃잎 천천히 말아 올리려 할 때
세상은 잔잔했을까 어지러웠을까
어둠속 고요 혹은 타는 태양 아래에서
속말들 꼭꼭 싸매다가
어느 날
후드득 빗방울 맞으며 꽃잎 활짝 펼쳤을까
지난번 누군가의 손에 이끌리어 내게로 온
흰 장미 한 다발

그중 한 송이 가다듬어 유리잔에 모셔둔 뒤부터
물 잔에서 일주일 넘게 의연히 버티던 꽃
오늘 홀연 스스로 자취 거두어들이는 너
첫 봉오리 머금던 바로 그때 너는 네 몸 안에
무언가 단단히 새겨놓았을 테지
보드라운 꽃잎에 귀를 대니 희미하게 들린다
첫 망울 겹겹이 맺힐 때부터 깊게 숨겨놓은 듯
먼 하늘 귀퉁이 찢는 천둥번개
온 땅 쿵쿵 울리는 네 첫 발자국 소리
조금씩 커져 우렁우렁 넘치도록 영글고 영글더니
비로소, 새하얀 천지개벽이로구나

4월

겨우내 목련이
제 몸속에
눈물 한 방울
감추고 있었다니

사랑초

동틀 녘이면 어느새 가느다란 꽃대 벌어지는
너는 아침을 몰고 오는 꽃
방림동 누님 댁에서 너를 얻어 온 날
연보랏빛 꽃봉오리 들어 올린 네가 좋아서
너의 꽃말 '당신과 함께 하겠습니다'
그 말 들려오는가 싶어 온종일 바라보곤 하였다
잎 활짝 펼친 너는 화분 가득 날아온 수많은 나비 떼
너에게 귀를 기울이다 보면 때때로 시간 가는 줄도 몰랐다
고요한 어스름녘 흑자주색 향 번져오는 듯해
이리저리 두리번거리거나 옷깃에 코 비벼대곤 했다
어쩌다 물 주는 걸 잊으면 너는 속절없이 주저앉았고
그럴 때면 으레 헝클어진 머리칼 묶어주며
그 속에 새겨진 너만의 무늬 오래오래 들여다보았다
네가 주저앉은 자리엔 가끔 회색빛 그늘 내려앉았지만
물 듬뿍 뿌려주면 너는 금세 초롱초롱해지고
다음날이면 잎사귀마다 감쳐둔 종소리
눈 맞출 때마다 쟁쟁 울리며
온종일 사랑의 숲을 이루었다

눈 내리는 날

누가 이 세상 모든 고요란 고요 함뿍 담아서
저리도 희디흰 빛 서리서리 펼치는가

누가 이 세상 눈물이란 눈물 체로 쳐서
온 하늘 곱디고운 분가루 뿌리는가

지난 일들 힘겹지 않았느냐고
지난날 짓이겨지던 세월 속 얼마나 무서웠느냐고
아픔은 아픔으로 한데 뭉치고
노여움은 노여움으로 어깨 걸고
견디며 나아가야 하지 않느냐고

소리 없이
그저 소리도 없이
한 발 한 발 내리는 억만 묵언들

뒷동산 등성이에
홀로 남은 나무 벤치 위에
드문드문 서 있는 전나무 위에

두런두런 내려앉는 속삭임들

누가 이 세상 다정한 눈빛들 그득그득 그러모아
텅 빈 하늘 온통 뜨거운 여백으로 채워 넣는가

낙엽

이 세상
샛노란 갈채
불타는 노래 담아
그대 마음 볕에 두나니
들어보아요
지금쯤
어느 가지에서
안으로 안으로
내밀한 힘
응축하고 있는지
홀가분한 몸 하나로
지상의 차가운 바람 한 줄기
지나가게 하는지

사랑초 독백

물 없으면 사랑 피울 수 없네
빛 없으면 사랑 피울 수 없네
맘 없으면 사랑 피울 수 없네
너 없으면 사랑 피울 수 없네

꿈

바닷가에 가고 싶었다
가서, 문득 가슴 한 켠에 손을 넣어
내 젊은 날의 꿈
꺼내보고 싶었다

그것이 비록
빛바랜 채 곰삭아 있을지라도
슬며시
보듬어 안고 싶었다

목련꽃 활짝 만개하는 날
파도 앞에 서고 싶었다
두 팔 한껏 벌려
바람 껴안으며

2부

고등어야 미안해

모처럼 우리 집 식탁에 오른 고등어
넓은 접시에 오른 고등어구이
잘 익은 생선살 막 발라먹으려 할 때
식탁 한 귀퉁이에 펼쳐진 신문 헤드라인이
불쑥 눈에 들어왔다
"고등어, 미세먼지 주범
고등어를 구울 때 창문을 활짝 열고
환풍에 유의하라."*
커다랗게 눈에 들어온 환경부의 경고문
우리만큼 다른 사람들도
놀란 가슴 쓸어내렸을 것이다
미세먼지 자욱한 서울
북경만큼 캄캄해질 때
정부는 슬그머니 고등어에 화살을 돌렸다
느닷없이 미세먼지 주범으로 둔갑한 고등어
많은 사람들이 의문을 제기하자
환경부는 2주 만에 발표를 번복했다
가까스로 혐의를 벗은 고등어
눈이 커서 기름눈까풀**이 잘 발달된,
둥근 접시 위에 누워

큰 눈 끔벅거리는 듯한

영문도 모르고 과녁이 된 생선

고등어야

괜시리 내가 너에게

미안하고 또 미안해지는구나

* 2016년 5월 23일 환경부는 "실내 미세먼지를 조사한 결과 집 안에
  서 고등어를 구우면 미세먼지 나쁜 날의 30배 이상 농도의 미세먼
  지가 나온다."고 발표한 바 있다.
** 정어리, 고등어, 숭어의 눈에 발달하는 투명한 막.

한식寒食

돌로 만든
오래된 우물
거기 허리 굽혀 서서
낮달은 말고
된서리 걷어낼
봄 햇발
오지게 길어 올리는
저 옹근 두 손

군말

요즘 세상은 말 탄 사람과
말 부리는 사람 위주로 돌아간다
말로써 공포 조장하는 사람
옛일 들춰내며 교묘한 말로
북풍 불러일으키는 사람
몇 마디 말로 수십 수백 억 원
아무렇지도 않게 뜯어내는 사람
입만 열면 거짓말 일삼는 사람
주인에게 충견 노릇하느라
입 속 혀 같은 말 골라 하는 사람
무슨 일만 생기면 말 폭탄으로
분탕질하는 말 골고루 비비고 섞어서
쑥대밭 만드는 사람
뜨거운 말 차디찬 말 쓰디쓴 말
표독스런 말 가시 돋친 말
뱀 혀처럼 갈라지고 날카로운 말
독 오른 말 거친 말
말라붙은 말 눅눅한 말

어디
무른 말 부드러운 말은 없을까
사랑스러운 말
따뜻한 말 아름다운 말
멋진 말은 없을까
포근하고 향기로운 말은
어디로 사라졌을까
아무리 찾아봐도
이 모진 세상 천지에
그리도 어질고 이쁜 말
꼭꼭 숨어버렸으니
어찌할 거나

할아버지의 할아버지 적부터
귀 아프게 들었던 말
말로써 말 많으니 말 많을까 하노라
옛 사람의 말씀 딱딱 들어맞는 요즘,
들은풍월 뒤적여
군말 하나
슬쩍 풀어놓는다

눈물의 깊이

눈물에도 깊이가 있다면
두레박을 내릴 것이다
깊은 데서 퍼 올린
차가운 물 한 바가지
머리 위 뒤집어쓸 것이다
눈물이 짠 것인지
인생이 짠 것인지
온몸 쩌릿해질 때까지

우주의 등대

엊저녁 초승달이 몹시 예뻐서
달 바라기를 하고 있노라니
두터운 옷차림의 아내가 다가와
달과 화성과 금성이 일직선*으로 서 있다며
저 먼 하늘 어디쯤을 가리킨다
그제 저녁에는 달 위에 금성이 떴다
금성이 달을 이끌고 있는 듯
누가 하늘에 가느다란 금목걸이를 걸어둔 듯
불과 하루가 지났을 뿐인 엊저녁의 변화
달과 화성과 금성이 세로로 걸린 하늘
행성이 한 줄로 늘어서기는 십삼 년 만의 일
누가 이토록 진기한 우주의 묘기를 보여준 것인가
추위도 잊을 만큼 눈 호강을 하게 한 것인가
달과 화성과 금성이 일으키는 고요한 줄다리기
흔들릴 듯 말 듯 팽팽하게 조여오는 긴장감
힘줄 당기는 알 수 없는 뻐근함
무엇보다도 두근거리는 비현실적인 아름다움
행성직렬 우주 쇼의 장관이 지속되는 동안
흰 달과 빛나는 금성 사이에 파고든 붉은 별
유난히도 깜빡깜빡하는 저 별, 화성이

왜 오늘따라 듬직하게 보이는 것인가
억만 광년 저 너머의 세계에도
지켜주어야 할 그 무엇이 있어서인가
언제부터인지는 몰라도
굽이치는 광속, 소용돌이치는 빛과 어두움의 세계에서
모든 것을 빨아들이고 휘고 뒤틀리고 납작해지는
무시무시한 흡입과 소멸의 무저갱을 조심하라고
차갑고 아득한 억겁의, 무한 시간의 파도를 넘고 넘어
길을 잃지 말라고 안전하게 목적지로 항해하라고
흑암 속 명멸하는 모든 행성의 운행을 도와주고자
화성은 하늘 깊은 곳에 뿌리를 내리고
어느 순간부터 빛을 반사해 뿜어주는
존재로 서 있게 되었던 것인가
달과 금성 사이에 나란히 서서
노을처럼 빛 뿜어대는 붉은 별 화성

* 2017년 2월 1일 저녁 서쪽 하늘에서 달과 화성, 금성이 일렬로 놓이
는 천문현상이 나타났다. 하루 전날 한국천문연구원이 발표한 바와 같
이, 이날 오후 6시부터 밤 9시 사이 초승달과 밝은 금성 사이에 놓인
화성을 맨눈으로도 쉽게 찾을 수 있었다. 각 언론은 이날 육안으로 관
찰한 화성이 15년 만에 가장 밝게 빛나는 모습이라고 보도했다.

가버린 것들

전에 살던 곳으로
책이 배달되고
노을이 흘러가듯
편지가 날아갔다

내 청춘의 날들이
북북 칠해진 그곳으로
지금도 무엇인가가
배달되고 있다

둘리 친구

우리 집에는 둘리 친구가 산다
둘리 친구는 노란 방에서 산다
고흐의 노란 방이 그의 방이다
노란 방에서는 정발산이 잘 보인다
둘리 친구는 지난여름 정발산에 올라
호수공원을 빙 둘러 집으로 왔다
올겨울에는 자전거를 타고
눈 쌓인 길을 손 호호 불며 찌르릉
집에 와서는 하나도 춥지 않다며
김 서린 안경 벗고 코 훌쩍인다
둘리 친구가 사는 노란 방
고흐의 노란 방에는 햇볕 천국이다
오십 년 만의 강추위가 와도
백 년 만의 폭설이 내려도
둘리 친구가 사는 노란 방에는 항상
꽃처럼 햇볕이 피어난다
그 방에는 가끔
둘리 친구가 흥얼거리는 노래 일렁이고
스케치북에는 그가 그린 그림 파도치고
세상 때려 엎을 기세로 게임 속 주인공이 되어

파죽지세, 적들을 쓰러뜨린다
"아들! 네 뜻을 펼치려면 네 할 일도 해야 하지 않을까?"
늘 그렇듯 엄마의 잔소리는 잔소리일 뿐
둘리 친구는 귓등으로 흘리며 룰룰랄라
매일 올라오는 컴퓨터 만화는 꼭 봐야 하고
스마트폰 게임도 빼놓을 수 없는 꿀물이다
어찌 할 거나 둘리 친구
식탁 앞에 앉은 엄마 아빠는
오늘도 종잡을 수 없는 행성 하나를 놓고
온 우주적으로 한숨을 쉴 뿐이니

별은 빛나건만

집 밖을 나서면
입김 사이로 번지는 하늘
새벽 6시
건물 사이로 뜨는
눈물 몇 방울
경칩 오기도 전
봄 떠날까 미리 앓는 건
이토록
독한 덫에 사로잡힌 탓인가
온몸 싸안고 휘도는
수레바퀴 속에서

싱크대 웜홀*

부엌 수도꼭지가 고장 나서 관리인을 불렀더니
그가 하는 말
"마트에 가서 싱크대 웜홀을 사 오세요.
그런 뒤 저를 부르시면 고쳐드릴게요."
"싱크대 웜홀이라고요?"
"네."
아뿔싸!
웜홀이 부엌 개수대 수도꼭지에도 있다니
아니, 우리 부엌이 우주로 이어지다니
나는 아파트 관리인이 일러준 대로 마트에 갔다
이층 욕실 코너를 샅샅이 뒤져보았다
찾았다, 웜홀!
아니, 원홀**이었다
그럼 그렇지
웜홀일 턱이 있나?
그것은 이 나라 산과 하천에서 발원하여
상수도관을 타고 올라온 물이
우리 집 부엌과 통하게 된 구멍이었다
이름 하여 하나로 된 구멍, 원홀
하지만, 그때 그 한순간만큼은

설거지를 하다 말고
찰나에 스티븐호킹의 얼굴을 떠올리며
우리 집 부엌에서 저 망망한 하늘 멀리까지
상상력을 발휘했으니 원홀,
내 가슴을 뻥 뚫리게 해준 그때야말로
진정 웜홀 아니었던가
생각할수록 통쾌한 우주적 착오의 그 순간!

* 웜홀wormhole: 블랙홀과 화이트홀을 연결하는 우주 시공간의 구멍
이다. 블랙홀이 회전할 때 만들어지며, 그 속도가 빠를수록 만들기
쉬워진다. 수학적으로만 웜홀을 통한 여행이 가능하다. 우주에서 먼
거리를 가로질러 지름길로 여행할 수 있다고 하는 가설적인 통로를
뜻한다.
** 원홀: 원홀one hole 수전水栓. 더운 물 찬물이 한 구멍에서 나오는
수도꼭지.

대곡역 부근

경의선 타고 화전 공동묘지 지나
대곡역 들판 가득 흩뿌려지는 귤빛 가로등
창밖은 와이드 화면이다

재처리 시설 높다란 굴뚝 주위로
검은 구름이 모여든다
사람들은 의자에 앉거나 서서
약간 기울거나 휜 자세로
빠르거나 느리게 어디론가 흘러간다

풍경들은
몸속으로
휙 들어왔다가 나가고

조는 사람들
옆 사람과 잡담을 나누는 사람들
바라보다 먼 곳
응시하는 눈망울들 사이를 부유하다
가방 속 시집을 꺼내든다

오늘 하루 걸어온 길들
목차와 본문 사이로 돋아날 즈음
초승달 하나
모래사막 속으로 저물어간다

개 혀

명천鳴川* 선생이
문인단체 대표를 맡아
북한에 내복 보내기를 하던 바로 그때렷다
후배들이 찾아가면 내남없이 데려가곤 하던
국밥집에서 싱긋 웃으며 하시는 말씀

충청도에서 제일 짧은 말이 있슈 그게 뭣인지 한번 알아
맞혀봐
그게 뭔데요
개 혀
예?
아따, 개 쎗바닥 말구, 복날에 몸보신 헐 줄 아느냐고 물
을 때 쓰는 말이여
아하
먹을 줄 안다고 치고, 답도 딱 하나여
뭐죠?
혀

* 명천鳴川: 소설가 이문구(李文求, 1941~2003) 선생의 호. 우리말 특유의 가락을 잘 살려낸 유장한 문장으로 농촌과 농민의 문제를 작품화했다. 소설의 주제와 문체까지도 농민의 어투에 근접한 사실적인 작품세계를 펼쳐 보여 농민소설의 새로운 장을 개척한 작가이다. 주요 작품으로 『관촌수필』, 『유자소전』, 『매월당 김시습』 등이 있다. 1974~1984년까지 자유실천문인협의회 간사와 이어 1989년까지 실천문학 대표로 일하며 민주화운동에 사생활을 접어두다시피 했다. 2000년 민족문학작가회의 이사장이 되어 북한에 내복 보내기 운동을 진행했으며, 이듬해 발병으로 중도하차하고 2003년 2월에 타계했다. 문학동네 촌장으로서의 문단 통합적 활동과 민주화운동, 그리고 문학적 성과를 모두 인정해 문인협회, 작가회의, 펜클럽 등 문단 3단체가 문단사상 초유로 합동 장례식을 올렸으며 정부에서도 은관문화훈장을 수여했다.

어떤 한량 –소설가 L 형님께

동호대교가 끝나는 곳
애주가들의 지하 술집이 있던
오층짜리 그 건물 맨 꼭대기에
오지랖 넓은 사내 하나 세 들어 살았다
날마다 벗들에 둘러싸인 채
굿판 소리마당 안 다닌 데 없어
역마살 배인 굳은 발바닥
스스로 반 박수 대처승 명색이나
마음은 늘 청년
타고난 바람 날렵한 몸놀림에
이태원 작은 만신도 그만
촛불 꺼뜨리고 말았다던가
세상 짐일랑 한낱 깃털로 여기고
드센 세상사일랑 너털웃음으로
한껏 웃어젖힐 줄 아는 꽁지머리
흰 머리칼 휘날리거나 두건 뒤집어쓰고 폼생폼사
누가 뭐래도 하고 싶은 건 하고야 마는 그는
사흘 굶어도 장죽은 뚜드려야 제 맛이라는 기분파
의리에 살고 의리에 죽는 의리파
그의 행적은 때때로 부풀려지기도 하지만

가끔 이러저러한 소문에 휩싸이기도 하지만
인정 하나만큼은 아궁이 속처럼 뜨끈뜨끈하니
오랜만에 만나더라도 맞잡는 두 손마다
찰진 정 듬뿍듬뿍 건네주는 걸 잊지 않는다

3부

새봄엔

기지개를 켜야겠다
하늘 높이 두 팔 벌려
신선한 바람 한껏 들이마셔야겠다
온몸 새롭게 돋아나도록
온 마음 새롭게 피어나도록
기지개를 켜야겠다

몸이 기억하는 절망의 순간들
생살 찢어지는 아픔의 편린들
벼랑 끝에 서 있던 날들
깊이 추락하던 끝 모를 나날들
또 다시 길목 막아서더라도
다 지나쳐 온 듯싶던 지긋지긋한 회오의 비탈들
그 모진 것들 어둠 속 도사리고 있더라도

기지개를 켜야겠다
겨우내 쌓인 눅눅함이며 어두움
빗자루로 몽땅 쓸어내야겠다
내 겨드랑이에 깃든 짙은 그늘
발목에 스민 차가움

모두 툭툭 털고 일어나야겠다
활짝 두 팔 벌려
하늘 높이 쳐들어야겠다

산다는 것

산다는 것은
끊임없이 흔들리는 것
산다는 것은
꾸준히 앞을 바라보며 걷는 것
그리하여 산다는 것은
마지막 뼈 하나로 서서
오래오래 꿈꾸면서 버티는 것

조각배

희망을 노래하려 했으나 입술에선
거친 말들이 먼저 흘러나왔다
이웃들의 얼굴에 드리워진 상처와 그늘
어루만져주려 했으나
내 가시에 먼저 손을 찔렸다
낮은 창문마다 잦아드는 흐느낌 있나
귀 기울이고자 했으나
내 울음소리가 고막을 막아버렸다
밤마다 홀로 깨어 피멍이 드는
그런 사람이기를 원했으나
천지 분간 못하는 높다란 파도 속에서
어찌할 바를 모르고 흔들리는
조각배가 되고 말았다

나의 길

쓰는 게 때로는 업보이다
고치고 깎고 다듬다 보면 영락없는 달팽이
글 한 줄 못 쓸 때는 목이 탄다
네댓 가지 일은커녕
두 가지 일을 두고도 끙끙댈 때는
아니, 한 가지 일만으로도 버거울 때는
저절로 고개가 꺾인다
하지만
넘어야 할 산은 언제든 넘어야 하고
건너야 할 강은 언제든 건너야 한다
거센 파도가 몰려온다 해도
발밑에 커다란 구멍 뚫린다 해도
가슴속 무언가 이글거릴 때면
앞으로, 앞으로 나아가야 한다
좁은 속에 결코 담을 수 없는 하늘
무너지고 쓰러질지언정 이고 가야만 한다
멀고 험해도 두렵고 두려워도
아득하고 아득한 곳을 쳐다보며 가는 길
심지가 비추는 곳 겨우 한 뼘뿐이어도
결코 멈춰서는 안 되는 길

발 부르트도록 가야만 하는
그 길 어딘가에서 붉은 햇덩이
온몸 뒤흔들어 토해놓아야 한다
지금껏 나를 에워싼 어둠 말갛게 씻어
스스로도 어안이 벙벙할 만큼 뒤바뀌도록
어린아이 같은 새벽 한 줄금
서리서리 뿌려 놓아야 한다
이 세상 자로는 결코 잴 수 없는
푸른 혈관 드러나도록 가야만 하는
지쳐 쓰러지더라도 가야만 하는
느린, 나의 길

그는 시 속으로

그는 시 속으로 걸어 들어갔고
나는 삶 속으로 걸어 들어갔다
나는 그의 시에 내 머리를 적시고
그는 나의 삶으로 자신의 발을 감싼다
내가 방금 시 속에서 빠져나올 때
그는 재빨리 자신의 삶을 벗고 있었다
포물선을 그으며 혹은 교차로와 같이 우리는
서로가 왔던 곳을 향해 걸음을 옮겼다
그의 귓가에서 파도치는 맥박 소리
나의 심장에서 북소리로 울리는 시의 소리

기울인다는 것

누군가에게
관심을 기울인다는 것은
주전자 기울여 물 한 잔
가득 따라주는 것과 같지
넘칠락 말락
가슴속 찰랑이는 마음
기꺼이 건네주는 것과 같지

기울이지 않는다면
무엇인들
부어줄 수 있으랴

누군가에게
관심을 기울인다는 것은
저물녘 하늘바탕 한껏 기울여
타는 햇발
남김없이 쏟아붓는 것과 같지
서해 바다 점점이 흩어진 섬에서
수평선 너머 아득한 데까지
붉디붉게 물들이는 것과 같지

내가 나에게 묻다

나는 지금 어디를 향해 가고 있는가?
내가 지금 딛고 있는 곳은 어디인가?
나는 지금 내 안의 소리를 듣기는 하는가?
나는 지금 내 안에서 무엇이 부서지는지 알고 있는가?
나는 지금 나를 부수고 있다고 생각하지 않는가?

움직이지 않는 것 그것이 나를 부순다
일하지 않는 것 그것이 나를 죽인다
생각하지 않는 것 그것이 나를 바스러뜨린다
제대로 읽지 않는 것 그것이 나를 화석으로 만든다
날마다 한 줄도 쓰지 않는 것 그것이 나를 망가뜨린다

자 나를 보아라 사나운 바다 위 일엽편주인 나를
자 나를 보아라 벼랑 끝에 아슬아슬 서 있는 나를
자 나를 보아라 수렁으로 빠져들면서도 무감한 나를
자 나를 보아라 발끝부터 모래로 무너지는데도 웃고 있
는 나를

나여 언제 다시 일어설 수 있는가
나여 언제 다시 기지개를 켤 수 있는가

나여 언제 다시 쟁기 둘러메고 밭 갈러 갈 수 있는가

나여 언제 다시 파릇한 웃음 입가에 머금을 수 있는가

나여 언제 다시 팔 걷어붙이며 난만한 일들 추스를 수 있는가

나여, 나여 언제나 게으른 단잠에 빠져 일어날 줄 모르는 나여

그러나 이 모든 사슬 깨뜨리고 푸르게 창공을 향해 날아올라야 할 나여

불문곡직하고

밤안개가 나룻배에 내려앉듯이
그대 눈망울 내 가슴에 살포시
다가오던 시월의 밤

부드러운 입술의 감촉
신선하고 차가운 느낌에 취해
대성리 잔물결
끝도 없이 퍼 나르던 북한강

두근거리던 심장의 박동 소리
꽃향기에 실려 오던 그대 마음결
내 허파 가득 채운 청청한 바람
이 모든 것들이 나를 늘 숨 쉬게 한다

허나 되돌아보지 말자
아직도 나는 가야 할 길이 멀다

은어 떼와 함께

늘 우물가에서 하늘을 보았다
별들이 쏟아지는 밤
정작 우물물 긷느라 여념이 없었다

달이 지고 있다
집으로 가는 길은 멀다
이제 수풀 사이로 가야 한다

귀뚜라미, 반딧불이, 풀여치 들이
길동무를 할 것이다
강가에 가면 은어 떼들이 새벽의 힘줄이다
나 또한
은어 떼와 함께
여울물 뛰어오르고 싶다

부디 나의 노래가 아침볕에 산산이 부서지기를
산산이 부서져 황토 흙 촉촉이 적시기를
부디 나의 시들이 새벽 강가의 물소리로 흘러가기를
흘러흘러 누군가의 숨소리로 되살아나기를

남몰래 흐르는 눈물[*]

어느 하루
가슴속 꽉 채우는 한 소절 들었지
한순간 심장의 고동 소리[**]
여리디여린 선율 스며들어
마디마디 전해지는 벨칸토
미세한 떨림 위로
지난날 걸어왔던 내 모든 길
겹쳐 보였지

나에게도 그런 고동 있지
낯설고 가파른 길 위에서
항상 나를 일으켜주는
내 안에서 풀무질하며 푸르게 일렁이는
그 고동
여태 내 뒷등 밀어주던 보이지 않는 손길
손길 따라 이어지던 그 따스한 고동

때때로 허방다리 짚을지언정
한 발 한 발 앞으로 내딛으며
온몸 막아서는 안개바다 헤치며

앞으로 나아가는 것만이
내 삶을 증명하는 일이라 믿으며
날마다 매 순간마다 걷고 또 걸으며
힘겹게 부여잡던 그 고동

어느 하루
가슴속 꽉 채우는 한 소절 들었지
내 안에서 풀무질하며 푸르게 일렁이는
나를 자꾸만 앞으로 나아가게 하는
그 고동 다시금 만났지

* 도니제티의 오페라 《사랑의 묘약(L'Elisir d'amore)》 제2막에서 주
  인공 네모리노가 부르는 아리아 제목.
** 오페라 《사랑의 묘약》에서 주인공 네모리노가 부르는 아리아 〈남몰
  래 흐르는 눈물〉의 2절 가사 첫 소절 "Un solo istante i palpiti(한
  순간 심장의 고동 소리)".

일어서는 봄

저기, 봄이 일어선다
얼었던 땅 밑에서 낙엽 헤치고
돌이끼 퍼렇게 묻은 몸으로

캄캄한 밤 칼날 바람 맞으며
죽은 듯 깊은 잠에 빠진 듯
꼼짝 않고 지내던 날들 훌훌 털고

저기 저, 봄이 일어선다
방금 잠에서 깨어난 듯
눈부신 듯 기지개 켜며
일어선다 봄이

우리 또한
굳었던 몸 활짝 펴고 일어서자
입춘 깃발 나부끼며
불끈 일어서는 만물들
일어서는 봄과 더불어

꿈에 김득신*이 찾아와

그도 궁금했을 게다
하고많은 책 중에서 왜 하필 내가
『백곡집』 펼쳐 온종일 들여다보는지
몇 백 년 시간 훌쩍 뛰어넘어
마주보고 있는지

어릴 적 노둔함 평생의 굴레였으나
밥 먹듯 책 읽고 글 쓰고 외우며
스스로 먹과 벼루 되고
한 자루 붓 되어 마침내
백자 항아리 같은 시 썼던 사람

결코 주저앉거나 물러서지 않으며
책을 읽되 평생토록 한결같이
만 번 억만 번 온몸 새겨 읽던 사람
뒷날 개향산 자락 취묵당** 홀로 앉아
고요히 질그릇으로 들어앉은 조선의 선비

왜일까 그가
내 꿈속에 들어왔던 까닭은

말없이 나를 바라보기만 했던 것은

비록 재주가 남만 못하다 해도 포기하지 말라고
노력하고 또 노력하면 반드시 이룰 날 있을 거라고
그가 남긴 말 한 마디
불덩이처럼 無言으로
다시 또 나에게
뜨겁게 토해내고 싶었던 것일까

* 김득신(金得臣, 1604년~1684년)은 조선 중기의 시인이다. 어릴 적 큰
병을 앓았던 그는 같은 책을 석 달 동안 읽고도 첫 구절조차 기억
못 할 만큼 머리가 나빴다. 하지만 포기하지 않고 노력을 거듭하여
쉰아홉 살 때 대과 급제의 뜻을 이루었다. 그는 또한 시인이 되어 문
재를 떨쳤으며, 타의 추종을 불허하는 독서광으로서 사마천의 『사
기』에 나오는 「백이전」을 무려 11만 3천 번이나 읽은 일화로 유명하
다. 다산 정약용은 훗날 "문자와 책이 존재한 이후 종횡으로 수천 년
과 삼만 리를 뒤져 보아도 부지런히 독서한 사람으로 김득신을 으뜸
으로 삼을 만하다."(「여유당전서」)고 평했다.
** 취묵당醉墨堂: 1662년(현종3년) 백곡栢谷 김득신金得臣이 충북 괴산
군에 세운 독서재로, 평생 동안 쓴 시 1,500수를 비롯해 각종 글을
모은 문집인 『백곡집栢谷集』을 저술한 장소이다. 이 곳은 또한 『사기』
속 「백이전」을 1억 1만 3천 번, 즉 11만 3천 번을 읽었다고 하여 일명
억만재로도 불린다.

4부

북천北川 앞산

무엇이냐 저것은
가늠할 수 없는 거대한 몸피로
거친 날숨 뱉어내는 성난 짐승
가로누워 웅크린 채
잔등의 털 불불이 곧추세우는
저것은 누구의 아픈 생채기냐
때로는 온종일 비에 젖거나
자욱한 안개 속에 잦아들어
뻐꾸기 울음마저 사라진 저것은

무엇이냐 저것은
햇살 사이로
나뭇잎 머릿결 곱게 빗어주던
바람의 긴 손가락
저물녘
검푸른 하늘 이마에 두른 채
풀벌레 울음 몇 줄금 뿌리는 저것은

무엇이냐 저것은
그믐밤 손톱만한 별

더 깊은 침묵 속으로 물러앉는 저것은
한낮의 가파른 들썩임 자취도 없이
순한 잔등만 남은 저것은
어느 고승들의 묵언이 이룬
높다란 널방이냐

오대산 버들치

한 움큼 계곡물 손바닥에 퍼 올려
잣나무 가지를 적셔본다
물이랑마다 결 고운 노을 머리를 감고
강원도 오대산 버들치란 놈
맑은 물 속 자맥질한다
수면에 잠긴 계곡 두 손으로 퍼 올려
암갈색 산등성이 향해 뿌린다
산의 정맥이 꿈틀, 움직인다

수秀바위

미시령 벼랑길 지나 금강산 화암사
천년 이끼 거느린 부도浮屠들 산안개에 싸여 있고
일주문 들어서니 오랜 마음의 둑 하릴없이 무너진다

거북이 한 마리 동그마니 엎드린 듯
코끼리 한 마리 커다랗게 웅크린 듯
쌀바위 전설 얼비친 미끈한 바위 바라보며

소나무 꽃가루와 꿀을 넣어 만든 차
나무 숟가락으로 휘휘 저어 마시며
하늘에 가슴 헹굴 즈음

추녀 끝 풍경소리 데불고
목어 아가미에서 들려오는 깊은 숨소리

선릉에서

옛 왕릉의 푸르스름한 돌계단 아래
오솔길 지날 때
갈참나무와 소나무가 눈인사를 건네 온다
가끔 다람쥐 한 마리 종종거리고
도토리 열매는 수시로 떨어진다
이곳에서는 누구나 깊은숨을 쉰다

무역센터 유리창에 노을 번질 무렵
담장 밖으로 나오자
어디선가 떼로 몰려오는 차량들
퇴근길 뛰는 듯한 실루엣,
숲마저 삼켜버리는 구둣발 소리들
능 밖에서는 누구나 밭은 숨을 쉰다

숲

맑게 갠 날
저기 저 숲
햇살 한 자락 말아 올린다
하늘 귓바퀴 새 한 마리 날아들자
일제히 온몸 흔들어 반겨준다

날 저물어 갈기 곤두세우던 숲
잔등 활처럼 휘고 바람에 머리칼 휘날리며
어디론가 마구 치달려간다

서서히 몰려오는 어스름 집어삼킨 채
꿈쩍 않고 웅크려 배 쓸어 넘기던 숲
어둠 가득한 골짜기 안에서
가쁜 숨결 일렁이다가
등성이 위로 불끈,
둥근 달덩이 하나 토해낸다

미루나무

바람에 잎새 흔들리고
하오의 석양빛 은은하게 산란할 때
묵묵히 어깨 내어준 미루나무
가느다란 가지 사이로 멸치 떼처럼
몇몇 약속들 튀어오를 때
잠시 눈 감으면 손가락 새로 빠져나가는
시간의 비늘

가을 숲

태풍 지나간 뒤 후두둑 비 내리더니
바람의 무늬가 바뀌었다
아침저녁으로 선선하다
계절의 회전축이 이 땅 문지방 위에
지울 수 없는 자취를 남기고 있다
머지않아 뙤약볕 아래 땀 흘리던 기억들마저
가뭇없이 사라질 것이다
숲속에서는 밤(栗)이 익어갈 것이고
속이 실해진 개암나무는
저절로 땅에 떨어져 다람쥐 밥이 되리라
멧새는 나뭇가지 위에서 노래하며
다음 한살이를 또 이어갈 것이다
뱀이 똬리를 튼 갈참나무 아래에선 고요가 곤두서고
숲 그늘에 이내가 내리면
전나무 줄기 휘감아 오른 능소화 떨기마다
주황 빛 종소리, 가득 울릴 것이다

눈의 나라 방패 삽*

백 년 만의 폭설이다
하필이면 동해안 지역에만 내린
아이들 키만큼 쌓인 눈
눈이 온 세상을 뒤덮은 뒤
길마저 지워버리자
사람들은 삽자루를 움켜쥐고
길을 내기 시작한다
땀이 비 오듯 하지만
눈은 괴물처럼 버티고 서 있다
이때 방패를 들고 나타난
한 떼의 전투경찰
동해시 어달동에 모인
주민들은 죄다 놀란 토끼눈이다
전투경찰은 한 줄로 늘어서서
방패로 눈을 밀어낸다
"영차, 영차!"
구령 소리에 맞춰
골목에서 골목으로 토끼길이 열린다
한 사람 겨우 다닐 만한 숨길 열린다

비로소 주민들 입가에 번지는 웃음
방패 삽에서 피어난 훈훈한 꽃

<hr>

* 2011년 2월 14일 〈연합뉴스〉는 "100년 만의 폭설이 경찰 시위진압
용 방패를 훌륭한 제설 도구로 바꿔 놓았습니다."라는 한 경찰관의
말을 인용하며 "1미터가 넘는 폭설이 내린 동해안 지역에서 제설, 복
구 작업이 사흘째 이어지고 있는 가운데 경찰의 시위진압용 방패가
폭설 현장에서 훌륭한 제설 도구로 변신, 눈부신 활약을 펼치고 있
다."고 보도했다.

요강 화분

인제군 용대리 신작로길 지날 때 마주친
장독대 위 동그마니 올라앉은 요강 화분

한때는 누군가의 슬픔과 고뇌
받아낸 시절 있었을 테지

지금은 짭조름하고 퀴퀴한 기억 대신
몇 움큼의 흙과 들풀 오롯이 들어앉아
하늬바람 한 자락 유유히 노닐고 있다

개구리 울음소리

만해마을 집필실에 짐 부려놓을 때부터
기운차게 들려오던 개구리 소리
저녁 어스름 내릴 무렵 한 놈이 선창을 하면
꼬리에 꼬리를 물며 합창으로 바뀐다
목청 좋은 까마귀 소리 능청맞은 거위 소리
성마른 딱따구리 소리 시건방진 개 짖는 소리
터무니없을 만치 와살스러운 저놈의 소리

도랑물에 올챙이 한가득 모여 꼬물거릴 때부터
그 소리는 이미 똬리를 틀고 있었다
이 중생들 꼬리 없어지고 뒷다리로 헤엄칠 무렵
그악스런 울음소리 안으로 쌓이더니만
어느 순간
장마철에 흙탕물 콸콸 떠내려가듯
바위틈 휘돌아 계곡물 탕탕 집어삼키듯
요상하게 생긴 무당개구리들
이 골 저 골 다투어 악머구리 끓는다

청록색으로 물든 내설악
음력 사월 대보름 하루 앞둔 날 밤

달빛마저 집어삼킨 저놈의 저, 저
징글징글한 개구리 울음소리

강원도 정선 느른국

강원도 정선 아라리촌에서 만난 이것은
깊은 계곡에서 흘러내리는 물소리와 함께 먹어야 제맛이다
멀리서 찾아온 사람들의 북적이는 소리,
흥겨운 음악 소리와 어울려 먹는 맛이라야 으뜸이다
따뜻한 물에 메밀가루와 찰밀가루를 섞고
소금물 부어가며 치대어 찰기가 생기게 한 이것은
여럿이 함께 나눠 먹기 위해 반죽을 눌러 만든다는
강원도 정선 사람들의 넉넉한 인심으로 빚은
끓는 육수에 집된장 풀어놓고
감자옹심이 넣어 둥둥 뜨게 한 느른국이다

눈이 올라나 비가 올라나 억수장마 질라나
만수산 검은 구름이 막 모여든다
아리랑 아리랑 아라리요
아리랑 고개로 나를 넘겨주소*

정선아리랑 한 자락과 함께 먹으면 더욱 정겨운 느른국은
가슴 한쪽이 베어지는 순간에도
후루룩 먹는 상대의 눈길에서 왠지 모를 푸근함 느끼게 되고
반복되는 후렴과 더불어 옹심이 우물거리다 보면

발장단도 치고 어깨춤도 들썩이게 된다

느른국 먹는 날이면
먼 옛날 호랑이 같은 양반 등쌀에 시달리다
허위허위 쫓기다시피 들어온 화전민들
송도 두문동** 에서 정선으로 옮겨와
평생 산나물 뜯어먹던 고려 유신들
그들이 머물던 곳 어디메인가
뜨거운 국물 후후 불며 가늠도 해본다
병풍처럼 두른 높은 산,
구름도 쉬어가는 고갯마루 아래쯤
햇볕 잘 드는 양지바른 터에 자리 잡은
잡목숲 베어낸 뒤
불 피우고 마른 땅 갈아 엎노라면
아라리 한 대목 저절로 목울대 타넘지 않았을까

아우라지 뱃사공아 배 좀 건너주게
싸리골 올동백이 다 떨어진다***

머릿수건 질끈 동여매고 땀방울로 일군 메밀밭

돌멩이 걷어내느라 손가락마다 피가 터지면서도
파란 하늘 한 뼘 두 손으로 퍼 올리던
그 선한 이들의 수줍은 미소가 눈앞에 그려진다
산모퉁이 너머 이웃집 아이 돌잔치에 오르거나
가끔 먼 곳에서 온 나그네를 맞이해
길손과 주인장 너나들이로 느른국 퍼서
탁배기 한 사발 사이에 두고
깊은 밤 시름 휘휘 저어가며
국물 후후 불며 따뜻한 마음 나누었을까
강원도 정선 사람들
그 투박한 얼굴과 얼굴을 마주 보며 먹는
한 그릇 느른국이 어찌 이리도 맑고도 서러운가

* 〈정선아리랑〉의 앞 대목.
** 송도 두문동: 고려가 멸망하고 조선이 건국되자 끝까지 출사하지
않고 충절을 지킨 고려 유신들이 머물던 곳. 송도는 개성의 옛 이
름이며 두문동은 경기도 개풍군 광덕면 광덕산 서쪽 기슭에 있던
옛 지명이다. 임선미林先昧·조의생曺義生·성사제成思齊·박문수朴門
壽·민안부閔安富·김충한金沖漢·이의李倚 등 태학생 72인이 모두 이
곳에 들어와서 마을의 동·서쪽에 문을 세우고, 빗장을 걸고서 문
밖으로 나가지 않았다고 한다.
*** 〈정선아리랑〉의 앞 대목 중의 한 소절.

5부

독섬을 노래함

아득히 먼 옛적
우리네 조상님들은
울릉도에서 가까운 섬
온통 단단한 돌로 이루어져 있는
그 섬을
독섬이라 불렀네
그 섬은 결코 홀로 있거나
외롭게 서 있지 않았네

바다 깊은 물속에는
거대한 원추형 해산海山이 세 개 있지
탐해해산, 동해해산, 독도해산
이름하여 바다 산 세 봉우리

독도해산 꼭대기의
드넓은 고원
그 평탄한 고원에서
원뿔처럼 치솟아 오른
두 개의 봉우리
물 위로 고개 내민 동도와 서도

사람들이 말하는 독도의 모습이라네
하지만
알고 보면 독섬은 빙산의 일각
독도해산은 물 위의 독섬까지 합하여
한라산보다 더 높고 우뚝하다네

울릉도 두 배 넓이의 해산 위
엄지와 검지 모양으로 솟아오른
동도와 서도
한때
온몸이 털로 덮인 강치의 섬이었던
독도
그 밑에 도저하게 도사린 해산은
가늠하기조차 힘든
거대한
물속 산맥이라네

언젠가부터
우리 어부들 멀쩡히 살면서
고기잡이하던 그곳을

외국인들 제멋대로
리앙쿠르 암巖이라 혀 굴리고
일본인들 한술 더 떠
다케시마라 우기며 된소리 내고
억지 이름 붙여
아예 날강도처럼 빼앗으려 한다네

하지만 부질없는 짓
누가 독도를 제멋대로 부르라 했나
누가 독도에 더러운 침 묻히라 했나
독도의 시퍼런 바닷물 한 방울인들
독도의 푸르른 하늘 한 귀퉁인들
뉘라서 함부로 넘볼 수 있도록
내버려 두겠는가

기억하고 또 기억해야겠네
이 섬은
신라시대부터 고유한 우리네 영토
우리네 숨결 면면히 흐르고 흘러온
우리 조상님들의 땅

우리의 눈 맑은 아이들이
그 아이의 후손들과 더불어
천년이 가고 만년이 가고
억겁이 가도록 이어지며
영원토록 아끼고 지켜나갈
우리들의 땅이라는 것을
가슴속 아프도록 시리도록
되새기고 또 되새겨야 하겠네

어린 시민군

시민군들이 트럭을 타고 오던 날
조카는 그해 다섯 살이었다
골목길로 나온 우리 누님은
청년들에게 빵과 물을 건네주었다
앞집 아주머니는 사이다와 과일을 주었고
옆집 아저씨는 치약과 비누를 나눠 주었다
뒷집 할머니는 쌀을 포대에 넣어 주었다
주는 손길마다 인정이 넘쳐났고
받는 손길마다 고마움이 담뿍 배었다
손과 손들이 굳은 악수를 나누고
눈과 눈들이 뜨겁게 마주치는 동안
조카는 뭐가 그리 좋은지 깡충깡충 뛰었다
일신방직에서 임동으로 이어지는 길
도청에서 농성동에서 상무대에서 트럭이 왔고
경적이 울리자 사람들은 집 밖으로 몰려나왔다
햇볕에 그을린 청년들의 얼굴
헝클어진 머리
눈빛만은 맑디맑았다
청년들이 함성을 지르며 큰길로 사라질 때
옆에 서 있던 조카가 트럭을 향해 외쳤다

"도청으로 갑시다!"
모여 선 사람들 사이에 함박웃음이 번졌다

모든 것을 빠르게 집어삼키는 수레바퀴 속에서
조카도 어언 불혹에 접어들고
역사교과서마저 국정화로 갈아치우는 즈음
조카와 함께 했던 그날의
그 함박웃음은 어디로 사라졌는가
골목길에서 김밥과 음료수를 나누던
그때 그 사람들 다정한 모습은
어느 먼, 아련한 곳으로 가버렸는가
하지만
언젠가 한번은 터져야 할 벼락 같은 날이 있어
삼포시대 칠포시대 이 징글징글한 날들 태우고
우리 앞에 용암처럼 이글이글 끓어 넘칠 수 있을까
그날 골목길에 함박웃음 터지게 했던
그 천진난만한 목소리 다시 들을 수 있을까
또다시 먹장구름 떼로 몰려와 캄캄하기만 한 나날들
이 짙은 암흑의 장막 걷어내는 그런 세상
또 다시 볼 수 있을까

어린 시민군
그날의 그 맑은 눈빛
그날의 티 없는 목소리
그날의 그 해맑은 얼굴
다시 또 다시 골목길 환히 밝힐 수 있을까

2020년 1월 망월동

2020년 1월 국립 5·18 민주묘지
망월동 묘역 앞을 지키고 있는
우뚝 솟은 추모탑
그날의 영혼, 그날의 아픔,
그날의 피 끓는 아우성
소중히 감싸 안으며
두 손 모아 간절한 기도의 자세로 비상하는
그 앞에 서니, 때때로 북풍 몰아쳐 오고
잿빛 구름 드리워져 있어도
낮은 곳 어딘가에서 꿈틀거리는 땅 울음
먼 산 너머에서 들려오는 초록빛 함성
은은히 다가오고 있다는 걸 알 수 있었다
머지않아 겨울 골짜기 무너뜨리고
나팔 소리 앞세워 기세 좋게 진군할
오오 그것은
아지랑이 피어오르는 가운데
모든 위협 물리치고 오직 평화만 세워온
흘린 피마다 작은 풀씨로 돋아나게 한
봄꽃들 늠름한 발자국 소리
여리디여린 뭇 생명들 숨소리였음을

어느 묘비명 앞에서

망월 묘역에 잠든 수백 기의 봉분들
대부분 한날한시에 쓰러졌거나
열흘 낮 열흘 밤 동안 웃고 울다
꽃처럼 떨어진 사람들
백주 대낮 충장로 우다방 앞에서
금남로 은행나무 옆에서
가톨릭센터 앞 인도와 도로 사이에서
월산동 임동 산수동 양동 시장에서
대인동 지산동 광천동에서 송정리에서
일일이 셀 수도 없이 많은 곳에서
슬픔과 분노로 몸을 떨다가
느닷없는 일격에 맞아 스러져간 사람들
봉분들 사이로 걷다가 문득 바라다본 글귀
"힘들고 고단한 세월을 함께 해주셔서 힘이 되었어요
아버지의 인내와 사랑 간직하고 살게요
이제 고통 없는 세상에서 편히 쉬세요."
잠시 서서 고개 숙였네
버젓이 활개 치는 반란의 수괴
광주를 폭도로 몰아붙이는 악마들
불벼락 내리기를, 또한 깊이 묵상했네

도보다리 위에서

2018년 4월 27일
문재인 김정은 두 정상이 만날 때
철조망 위로 새털구름 떠가고
다리 아래로 물이 흘러갔습니다

두 사람 오랜 벗인 양 산책하며
발걸음 나란히 할 때 수풀 어디쯤
치치르르 쿵쿵, 치치르르 쿵쿵
반갑다며 지저귀는 박새 소리 앞세워
우렁찬 수꿩 소리가 길을 열었습니다

파란색으로 칠해진 나무다리 위
원탁에 앉아 차를 마시는 두 사람
두런두런 말소리는 들리지 않았지만
서로 마주보며 손짓으로 눈짓으로
친밀한 시간들 빚어내는 동안

진지한 표정으로 대화가 익어갈 무렵
휘뚜르르르 휘뚜르르르
군사분계선 녹슨 표지석 쪼아대며

쉴 새 없이 들려오는 새소리들

중립국 감독위원회가 판문점 습지 위에 만든
미국식 이름 풋브릿지foot bridge 위 허공 뚫고
콩콩 건너오는 흰배지빠귀의 아름다운 소리

두 사람의 손짓 발짓 사이마다
높고 우직한 소리로 수를 놓는 청딱따구리며
뒤이어 높다랗게 혹은 속삭이듯이
직박구리와 산솔새와 곤줄박이와
쇠박새와 방울새 울음소리 돌림노래로 들려오니
눈 감아도 좋을 만큼 귀가 다 황홀했습니다

그날 판문점 도보다리 위를 온통 수놓은 것은
천상의 언어로 지저귀는 새소리 새소리들뿐이었습니다
그날 온 세상 가득 채운 평화로운 침묵 한 모금
입 속에 머금으며 두근거리는 가슴
가만가만 다독일 만했습니다
그날은 그것만으로도 충분했습니다

새날의 시작인 그날 이후로
여태 가보지 못한 길들이 펼쳐져 있을 테니
이제 형제들과 더불어 우리 모두
그 길 기운차게 걸어갈 테니

봉오동의 별 홍범도洪範圖 장군

1920년 5월
홍범도의 대한독립군,
안무의 대한국민회 의용군,
최진동의 군무도독부가 연합해
대한북로독군부大韓北路督軍府가 결성되니
굶주림 겨우 면할 정도의 군량미와
변변찮은 무기 들었을지언정
독립군의 사기는 하늘을 찌를 듯했다

그해 초여름
돌연 일본군이
두만강 건너 북간도로 침입하자
7백여 명으로 구성된 독립군 연합부대,
대한북로독군부의 지략가
홍범도 장군이 작전을 일러주었다

"초모정자산草帽頂子山 줄기가 남쪽으로 치달아
봉오동 계곡을 감싸고 있으니
반드시 계곡 안에 적을 가두어야 한다
봉오동 상촌 서북단에는 제1중대장 이천오의 부대,

동쪽 고지에는 제2중대장 강상모의 부대,
북쪽 고지에는 제3중대장 강시범의 부대,
서남단에는 제4중대장 조권식의 부대가 각각 매복하라
나는 주력부대를 이끌고 남산 기슭에 진을 치겠다."

후방의 대한북로독군부 사령관 최진동과
안무의 부대는 지원 작전을 펴기로 했다
서북산간에 진을 친 연대장교 이원은
전투식량과 무기를 확보하기로 했다
모두들 서로서로
미리 약속된 임무를 다짐하고 있을 즈음
6월 7일 새벽녘
일본군은 전위부대 앞세워 고려령을 넘어오고 있었다
이때 매의 눈으로 적진 살피던
연대장 홍범도 장군이 짧게 명령했다
"적이 사정거리에 올 때까지 기다렸다가 발포하라!"

이윽고
이화일 부대가 적을 깊숙이 유인하자
독립군의 총구에서

빗발치듯 총알이 쏟아져 나갔다
지옥의 불벼락을 맞은 일본군은 혼비백산,
순식간에 병력의 태반을 잃고
비파동琵琶洞 방면으로 패주해 갔다

경술국치 이후
북간도에서 일본 정규군을 물리친 최초의 격돌,
항일 무장투쟁사에서 찬란한 첫 승전보를 올린
봉오동 전투의 눈부신 서막이었다

동창리*에 울려 퍼진 만세 소리

기미년 4월 3일 홍천읍 동창마을,
아침 일찍부터
흰 옷 입은 사람들 논둑길 걸어와
비석거리 장마당에 모여들었다
반짝이는 햇빛 유난히도 따사로워라
광목에 물감으로 그린
대형 태극기 세 점
펼쳐진 가운데 징이 울리자
마방馬房 주인 장두狀頭 김덕원은
개회 연설을 했다

"여러분,
오늘 이 자리에서
우리는 빼앗긴 나라를 되찾기 위해
목숨을 내걸고 싸웁시다.
궐기합시다."

모인 이들 벅찬 눈물 흘릴 때
서당 선생 부장두 전영균의 독립선언서 낭독,
서석면 수하리 이문순의 만세삼창을 신호로

장마당에 모여든 수천의 백성들
상기된 얼굴로 열렬히 박수 치고 환호하며
젖 먹던 힘까지 짜내어 만세 소리 외쳤다
징 소리와 함성 소리 장마당을 온통 뒤흔들었다

운집한 백성들 한 목소리로 만세 부르며
태극기 앞세워 면사무소와 헌병주재소 쪽으로 행진할 때
다리목 지나 동창소학교 부근
야트막한 언덕 쪽
일본 헌병과 보조원들 일제히 총을 난사했다

피 흘리며 쓰러지는 사람들
비명 지르며 넋이 나간 사람들
논두렁 밭두렁으로 뛰어
은장봉 계곡 안골 기슭으로 도망가는 사람들,
장마당은 창졸간에 아비규환이 되었다

이때 날랜 장수처럼
빗발치는 총탄 뚫고
부상자 구하려 사투 벌이는 이가 있었으니

만세운동의 지휘자 김덕원 장두였다
생존한 동지들 이끌고
은장봉 아래 복골에 머물며
시신들 남몰래 거둔 김 장두,
아흐레 뒤
산꼭대기 위에서 횃불시위 벌이니
검은 골짜기 오래오래
붉은 꽃송이로 피어올랐다

그로부터 수년간
감시 받으면서도 만주에
독립군 자금 보내고 또 보내니,
일경에겐 눈엣가시
마을 사람들에겐 든든한 뒷배였다

1922년 추석 차례 지내러
아들 집 찾아간 장두 김덕원,
매복한 일본 순사들에 의해 체포된 뒤
꼬박 4년간 옥에 갇혀
온갖 고문에 모욕당할 때

산천초목도 치를 떨었다

옥방에서 얻은 폐병
석방 이후부터 시름시름 앓더니
인적 끊긴 도배장이 장남 오두막에서
마침내 눈을 감았다
그날 동창리 마을 뒷산
소쩍새 울음
밤새 계곡을 적셨다

은장봉 토굴 속 은신하며
아미산 골짜기에서
고양산 기슭으로 옮겨 다니며
신출귀몰하던 장두 김덕원,
몸은 비록
수하리 공동묘지에 묻혀 있지만
그의 의기만은 여전하니
오늘도 내일도
그 이름
푸르게 푸르게 빛나리라

* 『3.1독립운동과 김덕원 의사』(박성수 신용하 김호일 윤병석 지음, 도서출판 모시는 사람들, 2013, 361쪽~391쪽)에는 강원도 홍천읍 내촌면 물걸리 동창마을에서 일어난 만세운동의 전개 과정과 이 운동을 앞장서서 지휘한 장두 김덕원의 활동상이 상세히 기록되어 있다.

꽃잎의 노래 – 영화 〈귀향〉에 운韻을 맞춰

봄나물 향 그리워
마을 동무들과 마실갔던 날
쑥 캐러 가서 설렜던 날
나는 철모르는 열네 살 여자아이였지요
하늘 위 노고지리 바라보며
가벼이 콧노래 부르던 그 순간
누군가 뒷덜미 잡아챘어요
억센 손
절그렁거리는 칼 허리춤에 찬
일본 순사의 거친 손아귀가 한 순간에
대바구니 안에 가득 쟁여놓은
봄을 앗아 갔어요

아랫마을 윗마을
혹은 어느 마을에서 데려왔는지 모를
또래 여자아이들 가득 태운 트럭 뒤로
재잘재잘 동무들과 어울려 놀던
논두렁이 뒤로 지나가고
매미 맴맴 울던 미루나무도 지나가고
울보 동생 업고 달래던 당산나무도

흙먼지와 더불어 뒤로 지나갔어요
고향의 모든 것들이
뒤로 뒤로 빠르게 지나갔어요

댕기머리 흔들며 다니던 골목길
닭 모이 주던 뒤꼍
여름에 수박 먹던 평상
둥근 박 덩실 걸린 초가집 지붕
에헴 하며 잔기침 흘리던 할아버지
마당에 고추 널어 말리던 할머니
모내기철이면 품앗이 다니던 아버지
호롱불 아래 바느질하던 엄마
학교 갔다 오면 꼬리 치던 바둑이
모두 모두 멀어져 갔어요

먼 길을 덜컹거린 뒤
낯선 역에 도착했을 때
어디선가 흙먼지 자욱히 일으키며
트럭들 몰려오고 또 몰려왔어요
트럭 뒷 칸에서 내려오던 여자아이들

누렇게 뜬 얼굴들 핏기 없는 얼굴들
영문을 몰라 잔뜩 겁에 질린 커다란 눈망울들
역에 들어서기가 바쁘게 이리저리 떠밀려
우리들은 닭처럼 소나 돼지처럼
기차 화물칸에 꾸역꾸역 실려
어디론가 하염없이 끌려갔어요

산 설고 물 설은 곳
말도 얼굴도 이름도 온통 낯설은 곳
그곳에서 우리는 갈기갈기 찢기었어요
나의 온몸은
가냘프디 가냘픈 우리들의 잠과 꿈은
이제 갓 망울진 꽃잎처럼
미처 피어나기도 전에
더러운 군홧발에 함부로 짓밟혔어요
일본 군인들은 덴노헤이까를 부르짖으며
총칼 들이댔어요 미친놈처럼 히죽히죽 웃으며
야수처럼 울부짖으며 고래고래 소리치다가
파도처럼 해일처럼 휩쓸고 지나갔어요

아아, 광풍 이는 밤
우리들은 모두 어육이 되었어요
한밤중 폭풍우에 시달리는 난파선이 되었어요
지리하고 무서운
말로 다 표현할 수 없는 나날들
기나긴 세월 흐르고 흘렀건만
가슴속 깊은 곳에 새겨진 생채기는
여태 아물지 않아 날마다 쓰라리고
매 순간마다 피가 흐르고 있어요
그때의 동무들, 어느덧 허리 굽고
흰 서리 내린 머리, 주름진 얼굴
밭이랑처럼 깊게 패이고 말았네요

생사를 넘나들던 영이, 순이, 복실이……
하나 둘씩 세상을 떠서
동무들도 몇 남지 않은 지금
세상은 나아지기는커녕
여전히 우리들에게 손가락질을 하고 있네요
우리가 나라를 팔아먹기라도 했나요?
우리가 겨레에게 무슨 해코지라도 했나요?

그저 나라 잃은 백성이 되어
일본인들에게 끌려간 것만 해도 억울한데
전쟁터의 부속품으로 일본군의 성노예로 살았던 일
끔찍하고 아득하기만 한데
어찌하여 친일파의 후예들이 권력을 틀어쥐고
이토록 짱짱히 버티고 서서 산천초목 떨게 하며
우리들의 가슴 골백번 후벼 파고 있나요?
그 사이 열네 살 소녀는 간데없고
주름투성이 백발성성한 상처로만 남은
우리들은
우리들은 정녕 이 땅의 백성이 아닌가요?
나라의 지도자는 백성을 하늘로 삼아야 하거늘
우리를 지키기는커녕 우리에게 삿대질이나 해대다니요?

그 옛날
우리가 당한 억울함은 이 나라 지도자들의 무능 때문이
었어요
우리가 당한 서러움은 이 나라 지도자들의 어리석음 때
문이었어요
해방이 되고

정권이 여러 번 바뀌어도 이 나라에는 왜
우리들의 눈물을 닦아주는 지도자가 없나요?
요즘 들어
우리들에게 한 마디 물어보지도 않고
우리들의 문제를 일본과 밀실 안에서 쓱싹 합의했다는
기막힌 이야기를 들었어요
도대체 그런 버르장머리는 어디서 배웠나요?
애비한테서 배웠나요? 아베한테서 배웠나요?
일본과 합의했으니
이제는 우리들더러 입 닫고 귀 막으라는 건가요?
침몰하는 배 안에 가만히 있으라는 건가요?

우리들에 대한 논의를
이제 영원히 되돌릴 수 없는 것으로 만들었다고
한국과 일본의 위정자들이 큰소리 땅땅 치는 소리
귀가 아프게 듣고 또 듣는 게 몹시 괴로워요
터무니없어요
우리들이 아직 눈 시퍼렇게 뜨고 살아 있는 한
그런 거짓말은 통하지 않아요
그럼에도

권력의 심장부에서, 돈으로 바벨탑 쌓는 전경련에서
구린 돈 받으며 데모꾼 노릇이나 하는 하수인들이
해방 후의 땃벌 떼처럼 눈에 불 켜고 덤비던 서북청년들처럼
우리를 에워싸고 야유를 보내고 있네요
우리들 곁에서
우리를 도와주는 사람들을 종북으로 몰아붙이고 있네요
침 뱉고 욕하고 팔뚝 내밀고 발길질하고 눈 부릅뜨고
여차하면 포탄처럼 쏘아질 기세로 밀어붙이고 있네요
참으로 기가 막힐 일이에요
자다가도 벌떡벌떡 일어날 일이에요
온몸의 피가 거꾸로 치솟을 일이에요

많은 것을 바라지는 않아요
일본의 사과가 필요해요
일본의 사죄가 필요해요
아베가 무릎 꿇고 사죄하는 그런 날이 오기는 할까요?
일왕이 엎드려 우리들에게 큰절 올리며
사죄하는
뜨거운 눈물 뚝뚝 흘리는
그런 날이 과연 오기는 할까요?

만약 그런 날이 온다면 우리들의 한도 조금은 풀릴 텐데
만약 그런 날이 온다면
먼저 가신 벗님들에게 덜 미안할 텐데
하늘이여 땅이여
만약 그런 날이 온다면
우리들의 오래 묵은 슬픔
우리들의 오래 묵은 노여움
찬 강물에 씻고 또 씻은 다음
우리 모두 한 줄기 이슬 되어
땅 속 깊이깊이 스며들어 내일이라도
이 나라 골골마다 들판마다
여리디여린 풀꽃으로 돋아날 텐데
봄여름 가을 겨울 한 세월 다 가도록
풀벌레 울음 서리서리 풀어놓을 텐데
그런 날이 온다면 하늘이여

김마리아

1919년 동경 YMCA 강당에서
2·8독립선언문 우렁차게 울려 퍼졌다
적지 한복판, 한민족의 기개 당당히 떨친
재일 유학생 조선청년독립단
일제의 심장부 뒤흔들어놓은 초유의 거사
그 가운데 지도력 갖춘 한 여성 단원
끌려간 동지들 떠올라 가슴 저미며 밤마다
미농지에 정성껏 베껴 쓴 독립선언문
기모노 허리띠 속 교묘히 감추고서
관부연락선 올라 현해탄 건넜으니
일경의 눈초리 옷깃에라도 닿을까
꼭 쥔 손 물너울 넘었던 장한 그 이름
대한의 독립과 결혼한 김마리아였다

함박눈 뚫고 부산항 도착하자마자 달려간
백산상회, 임시정부 독립자금 보내던 아지트
동지들 앞 기모노 허리띠 헤집어
얇게 접은 열 장의 독립선언문 내놓으니
저마다 눈부신 듯 펼쳐보는 뜨거운 눈들
그 선언문 수많은 복사본으로 바뀌어

부산, 대구, 대전, 광주, 경성, 선천, 사리원
방방곡곡 물결치듯 쉼 없이 퍼져나갔다
이천만 겨레의 맑은 얼, 피 끓는 맥박들 모여
마침내 터진 기미년 3월 1일
한반도 구석구석 울려 퍼진
거대한 만세운동 밑불 되었다
한 사람의 작은 발걸음에 담긴 갸륵한 뜻
여럿이 하나 되어 뭉치고 더하니
온 나라 안 밀물인 듯 해일인 듯
목청껏 만세 부르도록 이끌어준
단단한 마중물 되었다

얼마 후, 만세운동과 대한애국부인회 사건으로
일경에 굴비 엮듯이 끌려간 김마리아
동지들 보호하느라 끝끝내 입 꾹 닫으며
모진 고문과 폭력에 짓밟히던 치욕의 나날들
만신창이 몸 병보석으로 풀려나와
성북동 요양 중 중국 탈출에 성공한 뒤
김구와 함께 상해임시정부 황해도의원으로 당선되어
대한민국애국부인회 대표로서 개막연설 할 때에는

그 자리에 참석한 모든 이의 심금 울렸다
곧이어 미국에 망명해 고단한 유학생 된 뒤에도
해외 독립운동의 고삐 한 시라도 놓지 않았던
서글서글한 눈매의 선각자, 김마리아

귀국 후 원산 갈마반도 동쪽에 터 잡은
마르타윌슨 여자신학원 교수가 된 뒤에도
이 땅의 절반인 남자들과 더불어
이 땅의 절반인 여자들도 싸워야 한다며
조국의 독립 위해 한 몸 불사르더니
꽃샘바람 불던 어느 봄날
그토록 바라던 광복 한 해 앞두고
대동강 한 줌 뼛가루로 뿌려진
아아, 김마리아 불멸의 민족혼이여!
백 년의 세월 흘러 오늘 다시 부르노니
앞으로 올 무궁한 백 년 너머 푸르게 빛날
근대의 여명기를 딛고 선 굳센 여장부
대한의, 대한의, 대한의, 영원한 등불이여!

독립군의 어머니 남자현南慈賢

1. 여명黎明

조선 삼베 중 으뜸인 안동포安東布의 고장
태백산맥의 지맥이
낙동강을 향해 휘달리다가 건듯 뿌려놓은
영지산靈芝山과 도산陶山으로 둘러싸인
경북 안동군 일직면 일직동에서
한 아이가 태어났다

1872년 12월 7일
영남의 올올한 선비 남정한南珽漢의
삼남매 가운데 막내딸
자현慈賢은 어릴 적부터 무척 총명해
일곱 살 때 한글을 줄줄 읽고 써서
주위 사람들 혀를 내둘렀다

아버지의 가르침 받들어
이윽히 소학小學과 대학大學을 다 떼니
가문의 기쁨 마을의 자랑이었다

열아홉 살 푸르른 나이
경북 영양군 석보면 지경동 사는
의성 김씨 김영주金永周와
검은 머리 파뿌리 될 때까지 살고지고
백년해로 굳은 언약 맺었으나
신혼의 단꿈 단란히 펼쳐보기도 전
나라의 운명은 먹장구름에 휩싸여갔다

그 와중에도
고부군수 조병갑을 비롯한 탐관오리들 악행은 끝이 없고
그 와중에도
고대광실 기와집들 넘실넘실 춤추며 거들먹거릴 동안
눅진눅진 초가집들 낮게 낮게 엎드려 흙바닥 조아릴 적에
청나라와 일본, 아라사와 미국 등 강대국들은 눈알 희번덕
이빨 드러내며 호시탐탐 먹잇감 노리고 또 노렸다

먹고 먹히는 약육강식의 대혼돈 속
짙은 안개 스멀스멀
삼천리금수강산에 펼쳐지고 있었으나

지렁이도 밟으면 꿈틀한다던가

온갖 가렴주구에 시달리던 백성들 마침내 떨쳐 일어나
'보국안민輔國安民' 깃발 아래
황토현에서 맑은 함성 울려 퍼지니
모처럼 터져 나온
조선 백성들 우렁찬 소리렷다

다급해진 조정에서 청나라에 파병을 요청하니
원세개의 심복 이홍장 군대 이끌고 냉큼 아산만 도착
일본군 또한 천진조약 핑계 삼아 재빨리 인천에 상륙
두 나라 군대 총검 치켜드니
일시에 날카로운 전운戰運이 일고
하늘 날아가는 까마귀 소리조차
폐와 심장을 찔렀다

이즈음 동학 접주들의 지휘를 받아
고부, 전주, 무장, 백산, 논산, 공주로 밀고 오던 농민군들
관군 무찌르며 황토현에서 대승을 거두었으나
신식 무기 앞세운 왜인 군대에게 밀려

우금치에서 크게 패퇴하고 말았다

한때 십 수만을 헤아리던
동학군들 뿔뿔이 흩어지고
녹두장군 전봉준을 비롯한 접주들
모두 붙잡혀
한 점 이슬이 되고 말았다

새야 새야 파랑새야
녹두밭에 앉지 마라
녹두꽃이 떨어지면
청포장수 울고 간다

외기러기 울고 간 날
동구 밖
아이들 입을 모아 부르던
구슬픈 노랫말에도 있듯이

푸른 군복 입은 왜놈들 군홧발에
녹두꽃 무참히 짓밟힌 뒤

흰 옷 입은 창포장수들
속울음 울며 지나갔나니

동학 농민군들의 궤멸 이후
온 누리는 점점 왜인들 세상이 되어갔더라
그럴수록 일본의 방자함 도를 더해 갔으니

고종 압박하여 상투를 자르고
곧바로
전국 단위로 단발령이 내려졌다
대낮의 저자 거리나 성문 앞에서
가위 든 관리들 서 있다가
강제로 백성들 상투 자르는 일 반복되니

"나의 몸은 터럭 하나까지 부모가 주신 것인데
어찌 머리털을 잘라 조상들께 욕을 보이려는 것이냐.
내 목을 자를지언정 상투는 자를 수 없다!"

갓 쓴 선비들뿐 아니라
쟁기질하는 농투성이들뿐 아니라

상투 튼 모든 이들뿐 아니라
비녀 꽂은 아낙네들뿐 아니라
철부지 아이들뿐 아니라
마당의 동백나무 배롱나무뿐 아니라
삼천리 방방곡곡 산천초목까지
마을 입구 장승들까지 모두
바위에 붙은 돌이끼까지 모두
억울하고 절통하여
피 토하듯 부르짖었다

하나 둘씩
둘씩 셋씩
모이거나 흩어지거나
성문 안에서 성문 밖에서
삼거리에서 사거리에서 오거리에서
토방 위에서 마당 위에서
황토흙 짚신발로 즈려밟으며
끊어진 상투 붙잡고 오열했다

상투가 끊어진 것보다

우리의 혼이 더럽혀졌다는
그 치욕이 서럽고 또 서러워서
그 치욕이 분하고 또 분하여서
머리 풀고 울다가 눈 까뒤집히다가
이대로 이대로 울고만 있을 수 없어서
하나둘씩 낫을 들고 일어섰다
쇠스랑 일으켜 세워
횃불 들고 나아갔다

민심 더욱 흉흉해지고
장삼이사들 원망 하늘까지 닿을 무렵
분노한 백성은 친일내각의 우두머리
김홍집을 그예 처단하고야 말았다

그 일 있고 나서
"이 발칙한 의병 놈들을 뿌리 뽑아라!"
조정에서는 친위대 보내어
의병을 진압하고자 했으나
의병 운동은 전국 방방곡곡으로
들불처럼 번져 나갔다

2. 맹세

이 무렵 안동군 일직면 일직동 안채
남편 김영주는 아내 남자현에게
비장한 얼굴로 말했다
"나라가 망해가는데 어찌
집에 홀로 있을 수 있겠소?
지하에서 다시 봅시다."
이 말 남긴 뒤 홀연 집을 나선 그는
영양 의병장 김도현 의진義眞에 들어가
소대장 임무를 맡아 충절을 떨치다가
1896년 왜군과 맞서 싸우던 끝에
장렬히 순국했다

남편의 전사 소식을 접한 남자현
왜놈들에 대한 적개심으로
밤잠 이루지 못했다
"이 간악한 왜놈들아!
반드시
남편의 복수를 하고야 말겠다."

수없이 다짐하고 또 다짐하는 동안
결사보국決死報國 외치던 남편의 마음
고스란히 가슴속으로 옮겨 와
불길로 타올랐다

이때 이미
뱃속에는 삼대독자 유복자인
아들이 자라고 있었던지라
배 어루만지고 피눈물 흘리며
분노를 다스려야 했다
양잠養蠶을 하며
시부모 봉양 알뜰살뜰히
집안 살림 기울지 않도록
세월도 잊은 듯 밤낮으로 일했다

하지만 흐르는 세월을 어이 잊으랴
그 사이 을사늑약의 비통함이 지나가고
그 사이 경술국치의 처절한 고통이
국권침탈의 그 뼈아픈 절통함이
한반도를 통째로 강탈당한 치욕이

육중하게 육중하게 우리네 혼을
갈기갈기 찢어놓는
그 모진, 서러운 세월을
어이 잊으랴

다만 입술 깨물며
양잠에 몰두했을 뿐
아이 키우며
시부모 봉양하며
손수 짠 명주 내다 팔며
깊디깊은 상처 간신히 눌러 놓았을 뿐

어느덧 시간은 흘러흘러
남자현의 나이, 만으로 마흔 여섯이던
1919년 삼월 초
사람들 북적이던 장터 한가운데에서
난데없이 터져 나온 함성 소리
천지에 뇌성처럼 울려 퍼졌다

"대한독립 만세!"

"대한독립 만만세!"
"만세 만세 만세! 대한독립 만세."
장터 곳곳에서 만세를 부르짖는
흰 옷 입은 백성들

얼마만인가
아아 그 얼마만인가
"대한독립 만세!"라고 외치게 된
이 감격 이 벅찬 마음의 고동
온몸 떨리는 이 환희의 부르짖음

엿장수도 "대한독립 만세!"
미투리장수도 "대한독립 만세!"
신기료장수도 "대한독립 만세!"
갓 쓴 이도 "대한독립 만세!"
부인네도 처녀애도 두 손 치켜들며
"대한독립 만세!"
지게꾼도 지게목발 두드리며
코흘리개 개구쟁이들도 신나게 뛰어다니며
너도 나도 목 놓아 "대한독립 만세!"

장터는 온통
함성, 함성, 함성으로 가득 찼더라
"대한독립 만세!" 천지에 벼락처럼 우렁우렁
"대한독립 만세!" 천지에 폭포수처럼 콸콸콸콸
남자현도 아이를 데리고 목이 터져라
"대한독립 만세!"
부르고 부르고 또 부르고

눈물에 콧물까지 나고
눈물범벅에 목이 잠겨 느꺼운
코 시큰해지고 눈에 고춧가루 뿌린 듯
흐릿하고 따가워진 눈으로
웃다가 울다가, 울다가 웃다가
종일 이 골목 저 골목
미친 사람처럼 달리며
만세!
대한독립 만세!
목이 터져라 부르게 될 줄이야

그렇지

내 이대로만 있을 순 없어
이제야말로 옛 맹세를 지켜야 해
남편의 복수를 제대로 하려면
항일의 대오 따라가는 것
구국의 대오 발맞추는 것
이때야말로
나라 되찾는 일에 뛰어드는 것
그것만이 내가 할 일
남편의 복수를 넘어
겨레의 염원에 불 지피는 일

그해 기미년 3월 9일
남자현은 깊게
생각하고 생각한 끝에
고향 산천 가슴속 쓸어 담고는
아들 데리고
한달음에 압록강 건넜다

3. 망명

"남자현 동지!
먼 길 오시느라 고생 많으셨소."
반갑게 맞이해 준 이는
요동 땅 넘어오기까지
서신 왕래하며
신실한 길라잡이 붙여준
서로군정서西路軍政署의 참모장
김동삼金東三

오래 전부터
남편과 막역한 지우였던
안동 출신의 그는
이 무렵 만주 지역의 지도자로
독립군들의 든든한 방패로
우뚝 서 있었다
그를 마주 대하는 남자현의 얼굴에도
동지에 대한 믿음이 스며 나왔다

맨 먼저 터 잡은 곳은
요녕성 통화현通化縣
짐 풀기 무섭게
서로군정서에 가입한 남자현
의기는 하늘을 찔렀고
마음은 벌써 허허벌판을 달려
일본군 무찌르는 용사가 되었다

하지만 산 설고 물 설은 이곳에서
의병으로 새로 서려면 시간이 필요했다
피나는 훈련 뼈를 깎는 의지
전투력을 기르는 강고한 나날들
어느 것 한 가지인들
호락호락 주어지지 않았다

비록 무기 들고 싸우지는 않았으나
젊은 군사들 밥을 해먹이거나
떨어진 옷자락 꿰매주거나
동상 걸리지 말라고 발감개 마련해 주거나

온갖 뒷바라지 야금박스럽게 하는 틈틈이
북만주 일대 농촌 구석구석 누비며
열두 개의 교회를 세웠다

몸은 교회 밖에서도 바쁘게 움직였다
억척스레 10여 개의 여자교육회를 세워 나갔다
아무도 남자현을
아녀자라며 쉽게 넘기지 않았고
아무도 그 아무도
함부로 대하는 이 없었다
그도 그럴 것이 그이는 부드러우나 엄격한
엄격하면서도 자애로운
기상이 흘러 넘쳤기에

행동은 신중하게
한번 뱉은 말은 반드시 실천하니
모두가 믿고 그이를 따랐다
불혹 넘은 아낙네들뿐만 아니라
이십대 처녀들뿐만 아니라
솜털 보송보송한 여자애들까지

남자현의 말에 귀 기울이려 했다

남자현이 말할 때는 모두가
귀 쫑긋 눈망울 또록또록
듣는 이들을 빨아들이는 힘에 이끌려
주먹 꼭 쥐고 허리 꼿꼿이 폈다
회당 안에 모인 사람들 하나하나 눈 맞추며
남자현은 카랑카랑한 목소리로 외쳤다

독립운동 하는 데
남녀가 따로 없다고
최후의 한 사람까지 힘을 보태어
일본과 싸워야 한다고
우리말과 글을 익히고
우리 역사를 잘 알아야 한다고
기미 만세운동 때
남녀노소 일제히 떨쳐 일어났듯이
이제 여성들이 나라 되찾는 일에
앞장서야 한다고

4. 거사

1925년
서로군정서에 몸담은 지 어언 6년째
독립군들 뒷바라지도 좋지만
30년 전
남편의 영령 앞에서 맹세한 바 있으니
이 나라 짓밟은 원수를
결단코 용서치 않으리라
다짐하던 남자현
사이토 마코토 총독을 처단하고자
비밀리에 국내로 들어갔으나
이 무슨 조화 속인가
총독 주변의 경계 물 샐 틈 없어라
눈물 삼키며 압록강을 다시 건너야 했다

1926년 12월 28일
의열단 단원 나석주羅錫疇
우리 경제를 착취하고 단 꿀만 빨아먹는
조선식산은행과 동양척식주식회사 경성지점에

폭탄을 던졌다
뒤이어 조선철도회사에 총격을 가한 뒤
일인 경찰대와 기마대에게 쫓기던 중
권총으로 자결했다
의로운 독립군의 포효
일제의 간담 서늘해지고
세상천지 들썩였다

1927년 봄
길림성 조양문朝陽門 밖 대동공창大同工廠에서
나석주 의사 추도회가 열렸다
이 모임에서 도산 안창호는
'조선독립 운동의 과거와 현재'라는 제목의 연설을 했다
이 모임에 참석한
정의부正義府 중앙 간부
각 운동단체 간부
지방유지 등 5백여 명은
도산의 연설을 들으며
피 끓는 의분을 느꼈다

추도회가 열리기 전부터
이 모임을 탐탁지 않게 여기던 일제는
중국 헌병사령관 양위팅揚宇霆에게 요구해
상해 임시정부 요인 안창호와
서로군정서의 지도자 김동삼을 포함해
도합 3백 명의 조선인을 체포하게 했다
그것으로도 모자라
그 중 50인을 일경에 넘겨 달라고
억지를 부렸으나
중국이 이를 거부하자
일본은 이 일을 빌미 삼아
외교 분쟁을 일으켰다

동지들이 옥에 갇혀 있는 동안
남자현은 부지런히 움직였다
안창호 김동삼 동지를 면회하느라
감옥 문턱이 닳도록 드나들며
때때로 옷가지도 넣어 주고
여기저기 후원받아 영치금도 넣고

애국지사들 모두가 풀려날 때까지
한마음으로 옥바라지를 했다
이십 일 만에 풀려났으니
비로소 한시름 놓았다

1931년 9월 들어
관동군의 움직임이 수상했다
참모 이타가키가 모종의 음모를 꾸민 뒤
한 무리의 관동군들이 부산하게 움직였다
어느 날 비밀리에 움직인 그들은
봉천 외곽의 만주철도를 파괴했다

교활하게도 시치미를 떼고서
엿가락처럼 늘어난 철도를 가리키며
"중국이 우리 측 철도를 끊었다."
억지 주장을 했다
그것은 선전포고였다
관동군은 전광석화처럼 침입해 만주를 집어삼키고는
요녕성으로 길림성으로 총칼 앞세워 쳐들어왔다

"남자현 동지!
사태가 급박하니 잠시 길림성을 떠나 있겠소.
뒷일을 부탁하오."
"일송一松 선생님!
여기는 걱정 말고 부디 몸조심 하십시오."

몰래 하얼빈으로 떠난 김동삼은
경기도 양주 출신의
구국단 단장 정인호의 집에 숨어들었다
하지만 이게 웬일인가
쥐새끼처럼 냄새를 맡은 일본 경찰이
하얼빈 정 단장의 집을 급습해
김동삼은 다시 감옥에
끌려들어가고 말았다

우두머리가 없다는 것은
조직의 불행
서로군정서의 활동은 눈에 띄게 위축되었다
바위처럼 든든한 지도자
그가 감옥에 갇혀 모진 고문을 당하자

다들 시름에 잠겼다 깊은 탄식을 하고
이를 갈았다
눈에서 불꽃이 일고 가슴이 답답해졌다

남자현은 서둘러 길림성을 떠났다
김동삼의 친척 신분증을 지니고
형무소로 달려갔다
간수가 신분증을 살필 때
가슴 저리고 손발이 떨렸다
가까스로 면회를 하게 된 남자현은
김동삼의 비밀 지령을
동지들에게 몰래 전했다

김동삼이 국내로 호송될 즈음
구출 작전을 짰지만
아뿔싸
동지들의 일처리가 늦어지는 바람에
뜻을 이루지 못했다

이후 국내로 압송된 김동삼은

평양감옥에서 서울
서대문형무소로 옮겨진 뒤
1937년 4월 13일
"나라 없는 몸
무덤은 있어 무엇 하느냐.
내 죽거든 시신을 불살라 강물에 띄워라.
혼이라도 바다를 떠돌면서
왜적이 망하고 조국이 광복되는 날을
지켜보리라."
비장한 유언을 남긴 뒤
만 59세로 옥중 순국하였다

참으로 피눈물 나는 일
지도자를 잃은 슬픔에
하늘 무너지는 듯한 먹먹함으로
서로군정서의 독립군 대원들은
도무지 밥이 목구멍으로 넘어가지 않고
땅을 치고 통곡하며
자꾸 무릎이 꺾이던 나날들
그런 암담한 날들

보내고 또 보내야 했다

5. 혈서

1932년 3월 1일
한 해 전
만주사변을 일으킨 일본 관동군은
푸이(溥儀)를 집정執政에 앉힌 뒤
신경에 수도를 정한 만주국을 세웠다
허수아비 왕 허수아비 나라
일본이 내세운 오족협화五族協和
왕도낙토王道樂土는 모두 허울일 뿐
일제의 관동군 깃발 아래 통치되는
그저 신기루였다
악마의 발톱 숨긴
침략의 도구였다

그해 9월
국제연맹은

영국인 리튼Lytton 경을 단장으로 세워
조사단을 하얼빈에 파견했다

남자현은 비상한 결심을 내렸다
때가 왔나니
일본군의 침략 진상을 국제연맹에서 조사한다니
내 마땅히 하늘이 준 이 기회를 잃지 않으리라
무명지 두 마디를 잘라
흰 천 위에 피로 글씨를 썼다
'조선독립원朝鮮獨立願'
조선의 독립을 원한다는 혈서 위에
잘린 무명지 고이 싸서
조사단이여 부디 일본에 속지 말라
바라고 또 바라며
국제연맹조사단에 보냈다

하지만 일본은
조사단이 활동을 개시하기도 전에
만주국 건국을 선언,
일만의정서日滿議定書를 조인해 버렸다

1933년 2월
열하성熱河省을 공격하여
침략을 더욱더 본격화했다
무명지 두 마디와 혈서도
저 야만의 폭거에는 무용지물이던가

남자현은 이에 굴하지 않고
항일운동을 하다 병든 이들
적들과 싸우다 총에 맞아 다친 병사들
고향 그리워 시름에 젖는 동포들
오로지 독립의 그날을 꿈꾸는
앳된 애국 청년들에게 다가가
희망을 잃지 말아라
반드시 나라를 되찾는 날이 오리라
부드럽게 다독이며 상처 싸매주며
자애로운 어머니가 되어주었다

6. 마지막 항거

1933년 3월 1일은
일본이 만든 허깨비 나라 만주국 건국일
남편의 피 묻은 옷을 속옷으로 껴입으며
남자현은 결심했다
"일제의 심장에 일격을 가한다."는 굳은 각오로
만주국 일본전권대사 무토오武藤信義를 처단하기로
굳게 굳게 마음을 다잡았다

감시의 눈을 피하기 위해서 거지 차림을 했다
낡은 바랑 속에는 권총 1정과 탄환, 폭탄을 넣어두고
모자 깊이 눌러쓰고 다리 절뚝이며
하얼빈 교외 정양가正陽街 지날 무렵
미행하던 일본영사관 소속 형사의 손에
붙들리고 말았다

고향 산천을 떠나와
지난 십수 년간
원수를 갚겠다고 다짐하고 또 다짐했건만

조국의 독립 위해
한 몸 초개같이 내던졌건만
아무것도 이룬 바 없이
일본영사관 유치장에 갇히는 신세가 되었으니
더군다나 요망스럽게도
내부 밀정의 고발 때문에
영어의 몸이 되고 말았으니
억장이 무너졌다

일본영사관 유치장에 갇힌 남자현은
애통하고 절통한 마음 가눌 길 없어
밥숟가락을 놓아버렸다
반년 동안 모진 고문에 시달렸다
몽둥이로 맞고 물고문을 받아
만신창이가 된 몸이었다
여기서 살아나가리라는 것은
꿈조차 못 꿀 일이었다
차라리 곡기를 끊는 것이
차라리 깨끗하게 죽는 것이
간악한 일제에 대한

마지막 항거였다

간수가 달려와 강제로 입을 벌렸다
밥을 넣으려 했다 국물을 떠먹이려 했다
도리질을 하고 입 앙다물었다
간수가 따귀를 치고 매질을 했지만
피투성이가 된 채로
끝내 아무것도 먹지 않았다
밥알과 국물이 쏟아져
앞섶을 적셨지만
오히려 웃음이 나왔다

오냐 이놈들아
보름 동안 먹지 않아도
내 정신은 그 어느 때보다도 맑다
너희들에게 온갖 욕설을 듣고
구타와 고문을 당했지만
너희들은 내 영혼
단 한 오라기도
어지럽히지 못할 것이다

나는 죽음으로써
내 조국의 품에 안길 터이니
그럴수록 너희 일본 제국주의는
머지않아
패망의 길로 접어들 것이다

남자현의 안색이 어두워지고 실신하자
일제는 서둘러 병보석으로 석방했다
하얼빈의 한 허름한 여관에 옮겨진 뒤
남자현은 아들 영달英達 앞에
중국 돈 248원을 내놓으며 일렀다
"우리나라가 독립이 되면
독립 축하금으로 이 돈을 희사하도록 해라."

"어머니!"
눈물 글썽해지는 아들에게 말했다
"사람이 죽고 사는 것은
먹는 데 있는 것이 아니고 정신에 있다.
독립은 정신으로 이루어지느니라."

희미한 음성으로 남긴
마지막 말

1933년 8월 22일
향년 62세를 일기로
조국의 별이 된
독립군의 어머니
남자현 열사의
뼈아픈 유언이었다

시여,
안아다오

나해철 | 시인

'나는 너다'

저는, 시인 박선욱입니다. '나는 너다'라고 일찍이 노래한 황지우 시인의 시 구절처럼, 시인들에게는 나는 네가 되어 시를 태어나게 하고 시를 노래하는 순간들이 항용 있어왔습니다. 이 습벽이 몸에 익은 시인으로서 시집을 읽는 동안 너는 내가 되었습니다. 박선욱의 시집을 읽는 동안 너는 시나브로 내가 되어 나해철이 박선욱이 된 것입니다.

이 글은 시인 박선욱이 된 제가 저의 시를 읽어가는 기록입니다.

저는 생활을 사랑하는 사람입니다. 많은 친구들이 아시다시피 저는 시보다도 생활을 더 사랑해야만 하는 시간들을 평생 건너온 사람입니다. 시는 저의 삶의 그림자이고, 때때로 버팀목이었으며 찬란한 훈장이었습니다만, 홀로 살아낼 때도, 가족들과 살아갈 때도 삶이 시보다는 더 절박했습니다. 저는 시를 쓰기 위해서 생활을 허투루 할 수는 없었습니다. 저는 열심히 생활을 건사하면서 시를 써왔습니다. 그래서 저는 삶과 생활을 귀하게 받드는 마음이 깃든 시를 쓰는 시인이 되었습니다. 가족 특히 아내와의 이야기뿐만 아니라 자연, 역사, 민주주의, 민족 문제들을 노래할 때도 긍정의 마음을 놓지 않았습니다.

저는 삶과 생활을 꾸리는 데 최선의 노력을 하면서 살

아온 사람으로서 역사 속에서 훌륭한 인생을 살아온 선인들을 기록하는 책을 많이 펴낸 이력이 있습니다. 그러다 보니 자연스럽게 그런 선인들을 노래하는 시를 쓰는 것을 아주 좋아하게 되었습니다, 아마도 이런 시를 쓰는 것이 어쩌면 시인으로서 제가 주로 해야 하는 일이 아닐까도 생각합니다. 제가 닮고 싶어 하는 삶을 살아온 선인들의 연보를 뒤지고 자료를 찾으면서 그분들의 삶을 재현해 사는 것 같은 기쁨을 느낍니다. 그리고 그 삶을 시로 정리하여 노래할 때 커다란 보람이 있습니다.

시인들이 모두 존재의 허무함이나 진리의 역설을 아프고 독하게 노래해야 하는 것은 아닙니다. 살아가는 현실의 삶이 이미 충분히 독하고 그럴진대 시마저 그렇게 쓴다면 영육이 부서져버릴 것만 같은 시인들도 있는 것입니다. 저는 이 시집에서는 삶과 자연, 역사에 대해서 따뜻한 마음을 잃지 않고 노래하고 싶었습니다.

시를 읽다

"이토록 팽팽한 짜임새 만들었나/완벽한 균형"(「지난 밤 떨어진 꽃」)이 난蘭 꽃송이에서도 보입니다. 시를 쓰면서 팽팽히 균형을 맞추고 살아온 저의 생활 때문입니다.

"이른 봄부터/프리지아 프리지아/노래 부르던 아내는/춘분 지나서야/노랑 분홍 베고니아를 사고는/흥에 겨워했었지요"(「프리지아」)라고 한 것처럼 아내를 위해 산 꽃을 배달 받은 후 아내가 흥에 겨워한 사건은 그런 삶을 꿈꾸며 평생을 살아온 저에게는 한 편의 시 이상의 의미를 갖습니다. 당연히 저는 시를 쓸 수밖에 없었습니다.

가을 담쟁이를 묘사한 "풀무질로 달구어진 터질 듯한/저기 저, 상처로 얼룩진 피눈물 보이나요"(「담쟁이 넝쿨」)에서처럼 "얼룩진 피눈물"은 저의 삶의 환경에서는 익숙한 것입니다.

"둘은 땅 밑으로 가만가만 손 뻗어/서로의 뿌리 말없이 어루만져주고는/밤을 이불처럼 펴서 다독다독 덮어준다"(「둘 사이」)는 것처럼 둘 사이에서 서로 위하고 정을 주는 관계를 갖는 것을 저는 가장 중요시하는 것입니다. 특히 부부 사이를 곱게 유지하는 것이 삶의 가장 중요한 덕목이라고 저는 생각합니다.

"오늘 아침 눈송이처럼 떨어진 꽃잎 한 장/(……)/먼 하늘 귀퉁이 찢는 천둥번개/온 땅 쿵쿵 울리는 네 첫 발자국 소리/조금씩 커져 우렁우렁 넘치도록 영글고 영글더니/비로소, 새하얀 천지개벽이로구나"(「첫눈 오는 소리」)라고 흰 장미의 개화와 낙화를 노래했습니다만, 이 흰 장미도 누군가가 저에게 주어서 집 안의 유리잔에 꽂아두고 일주일을 바라본 생활의 결과를 한 편의 시로 만든 것입니다. 저에게는 천지개벽도 생활 속의 아주 작은 일에서 일어납니다.

"방림동 누님 댁에서 너를 얻어 온 날/연보랏빛 꽃봉오리 들어 올린 네가 좋아서/너의 꽃말 '당신과 함께 하겠습니다'/(……)/온종일 사랑의 숲을 이루었다"(「사랑초」)에서처럼 저는 세상 모든 것을 사랑이라고 말하고픈 지경에 있습니다. 꽃조차 사랑하는 사람이 되어 제 곁에 있습니다. 아니 사실은 사랑하는 사람이 꽃이 되어 저를 사랑해주고 저와 가족을 일구어주었습니다.

"지난 일들 힘겹지 않았느냐고/지난날 짓이겨지던 세월 속 얼마나 무서웠느냐고/(……)/누가 이 세상 다정한 눈빛들 그득그득 그러모아/텅 빈 하늘 온통 뜨거운 여백으로 채워 넣는가"(「눈 내리는 날」)는 눈이 내려 온 세상을 희게 덮는 것을 쓴 시입니다. 그러나 이 풍경도 저에게는 제 삶의 여정과 같아서 무서운 세월과 그 후의 아름다운 세상을 그린 것이 됩니다. 지금 저는 눈에 덮인 세상이 저의 이즈음의 삶처럼 아름답다고 노래하고 싶습니다.

"'고등어, 미세먼지 주범/고등어를 구울 때 창문을 활짝 열고/환풍에 유의하라.'/(……)/고등어야/괜시리 내가 너에게/미안하고 또 미안해지는구나"(「고등어야 미안해」)에서도 느끼실 것이지만 삶의 일상을 잔잔히 읊는 것은 저에게 중요합니다. 제가 가장 소중하게 여기는 생활을 노래하는 것이기 때문입니다.

"어디/무른 말 부드러운 말은 없을까/사랑스러운 말/따뜻한 말 아름다운 말/멋진 말은 없을까/포근하고 향기로운 말은/어디로 사라졌을까/아무리 찾아봐도/이 모진 세상 천지에/그리도 어질고 이쁜 말/꼭꼭 숨어버렸으니/어찌할 거나"(「군말」)라고 읊은 것처럼 언어에 있어서도 저는 따뜻한 말이 좋습니다. 아름다운 삶의 말들이 좋습니다.

"눈물에도 깊이가 있다면/두레박을 내릴 것이다/깊은데서 퍼 올린/차가운 물 한 바가지/머리 위 뒤집어쓸 것이다/눈물이 짠 것인지/인생이 짠 것인지/온몸 쩌릿해질 때까지"(「눈물의 깊이」) 저는 인생에 흐르는 눈물에 대해 말할 수 있습니다. 눈물은 저에게 '차가운 물 한 바가지'입니다.

"두터운 옷차림의 아내가 다가와/달과 화성과 금성이 일직선으로 서 있다며/저 먼 하늘 어디쯤을 가리킨다"(「우주의 등대」), "우리 집에는 둘리 친구가 산다/(……)/어찌 할 거나 둘리 친구/식탁 앞에 앉은 엄마 아빠는/오늘도 종잡을 수 없는 행성 하나를 놓고/온 우주적으로 한숨을 쉴 뿐이니"(「둘리 친구」)에서처럼 저는 저의 가족 즉 아내와 아이들과의 어떤 사소한 것도 가장 아름다운 시가 된다고 생각하고 있습니다. 그냥 그대로 그려내도 저에게는 사랑스럽고 신비로운 시입니다.

경의선을 타고 출퇴근하면서 보이는 것들을 묘사한 「대

곡역 부근」과 "집밖을 나서면/입김 사이로 번지는 하늘/새벽 6시/건물 사이로 뜨는/눈물 몇 방울/경칩 오기도 전/봄 떠날까 미리 앓는 건/이토록/독한 덫에 사로잡힌 탓인가/온몸 싸안고 휘도는/수레바퀴 속에서"(「별은 빛나건만」)에서처럼 삶의 질곡, 생활의 어려움을 이 정도의 강도로 묘사를 하는 것이 저는 좋습니다. 더 독하게 부정적으로 과잉 감정으로 시를 쓰는 것이 저는 싫습니다.

"명천鳴川 선생이/문인단체 대표를 맡아/북한에 내복 보내기를 하던 바로 그때렷다/후배들이 찾아가면 내남없이 데려가곤 하던/국밥집에서 싱긋 웃으며 하시는 말씀//충청도에서 제일 짧은 말이 있슈 그게 뭣인지 한번 알아맞춰 봐/그게 뭔데요/개 혀/예?/아따, 개 쌧바닥 말구, 복날에 몸보신 헐 줄 아느냐고 물을 때 쓰는 말이여/아하/먹을 줄 안다고 치고, 답도 딱 하나여/뭐죠?/혀"(「개 혀」)는 어떻습니까? 짐작하시겠지만, 명천 이문구 선생과의 일화를 노래한 시입니다. 이처럼 저는 멋진 삶을 살아간 선인들의 삶을 그리는 시를 쓰는 것이 참 좋습니다. 저에게 명천 선생이 살아계셔서 "시 혀?"라고 물어봐주시면 정말 좋겠습니다. 그리고 「어떤 한량」이란 시도 즐겁게 봐주십시오.

저에게 "산다는 것은/끊임없이 흔들리는 것/산다는 것은/꾸준히 앞을 바라보며 걷는 것/그리하여 산다는 것은/마지막 뼈 하나로 서서/오래오래 꿈꾸면서 버티는 것"(「산다는 것」입니다.

그토록 저에게 삶의 무게는 무거웠고, 저의 삶을 추스르는 일이 급선무였습니다만 꿈을 붙들고 버티는 것은 "희망을 노래하려 했으나 입술에선/거친 말들이 먼저 흘러나왔다/이웃들의 얼굴에 드리워진 상처와 그늘/어루만져주려 했으나/내 가시에 먼저 손을 찔렸다/낮은 창문마다 잦아드는 흐느낌 있나/귀 기울이고자 했으나/내 울음소리가 고막을 막아버렸다/밤마다 홀로 깨어 피멍이 드는/그런 사람이기를 원했으나/천지 분간 못하는 높다란 파도 속에서/어찌할 바를 모르고 흔들리는/조각배가 되고 말았다"(「조각배」)라고 고백한 것처럼 어려웠습니다.

거기에다 "쓰는 게 때로는 업보이다/(……)/가슴속 무언가 이글거릴 때면/앞으로, 앞으로 나아가야 한다/좁은 속에 결코 담을 수 없는 하늘/무너지고 쓰러질지언정 이고 가야만 한다"(「나의 길」)는 시구처럼 저에게는 글 쓰는 사람, 시인으로서의 길이 놓여 있습니다. 생활은 백척간두이고, 시도 떼어버릴 수 없는 십자가로 등 뒤에 지고 있어서 참으로 어려운 삶을 살아왔습니다.

그러므로 「내가 나에게 묻다」를 쓰지 않을 수 없었습니다. 생활 즉 가족을 부양하고, 가족과 함께 살아가는 일이 급선무이고 발등의 불이지만, 한 존재로서, 한 시인으로서 느끼는 게으름과 타성들에 대해서 반성하지 않을 수 없었고, 내면을 들여다볼 때마다 느끼는 고통과 뼈아픔을 기록하지 않을 수 없었습니다.

저와 저의 생활과 저의 시에 대해서 잘 말한 시가 「그는 시 속으로」입니다. "그는 시 속으로 걸어 들어갔고/나는 삶 속으로 걸어 들어갔다/나는 그의 시에 내 머리를 적시고/그는 나의 삶으로 자신의 발을 감싼다/내가 방금 시 속에서 빠져나올 때/그는 재빨리 자신의 삶을 벗고 있었다/포물선을 그으며 혹은 교차로와 같이 우리는/서로가 왔던 곳을 향해 걸음을 옮겼다/그의 귓가에서 파도치는 맥박 소리/나의 심장에서 북소리로 울리는 시의 소리"라고 노래한 것처럼 생활에 전력을 다하는 저와 시를 쓰는 저는 서로 교차합니다, 둘이면서 하나입니다. 이제는 「은어 떼와 함께」에서 읊은 것처럼 부디 시 쓰는 내가 제 인생에서 앞장서서 걸어갔으면 좋겠습니다. 이런 생각에서 요즈음 쓴 참 좋은 시로 「기울인다는 것」이 있습니다. 본문에서 읽어주시길 바랍니다.

저에게는 친구들이 알다시피 광주광역시의 시립합창단에서 활약한 젊은 시절이 있었습니다. 저는 음악의 리듬이 좋습니다. 인생의 리듬 같고 시의 고동 소리 같습니다. 제가 문우들 모임에서 벨칸토 창법으로 클래식 성악을 노래할 때 저는 참 행복합니다. "나에게도 그런 고동 있지/낯설고 가파른 길 위에서/항상 나를 일으켜주는/내 안에서 풀무질하며 푸르게 일렁이는/그 고동/여태 내 뒷등 밀어주던 보이지 않는 손길/손길 따라 이어지던 그 따스한 고동"(『남몰래 흐르는 눈물』) 이런 리듬, 고동 소리가 저를 살게 합니다. 생활을 꾸리게 하고, 시를 쓰게 합니다.

저는 "저기, 봄이 일어선다/얼었던 땅 밑에서 낙엽 헤치고/돌이끼 퍼렇게 묻은 몸으로"(『일어서는 봄』)에서와 같이 일어서는 삶을 살아왔습니다. 그리고 저는 제 문학의 한계도 잘 알고 있습니다. 그래서 "비록 재주가 남만 못하다 해도 포기하지 말라고/노력하고 또 노력하면 반드시 이룰 날 있을 거라고/그가 남긴 말 한 마디/불덩이처럼 無言으로/다시 또 나에게/뜨겁게 토해내고 싶었던 것일까"(『꿈에 김득신이 찾아와』)라는 생각을 늘 하고 있습니다. 김득신은 노력으로 대성을 이루었다는 점에서 거의 역사상 최고의 인물이지 않습니까? 부디 전체 시를 읽어주시고 김득신을 설명한 각주도 읽어주시길 바랍니다.

저는 자연을 노래하기도 합니다. 「북천 앞산」, 「오대산 버들치」, 「수秀바위」, 「숲」, 「미루나무」, 「가을 숲」, 「개구리 울음소리」 등이 있습니다. 되도록이면 따뜻하고 고요하고 자연스러운 풍경을 보여드리고자 했습니다. 「요강 화분」이라는 아름다운 짧은 시도 있습니다.

저는 사물에 관계된 것들도 인물 행장을 노래한 시처럼 판소리 사설이나 긴 이야기시로 쓸 수 있다고 생각합니다.

그런 시로 「강원도 정선 느른국」이라는 시가 있습니다. 읽어주시기 바랍니다.

저는 아시다시피 광주민중항쟁을 청년 시절에 겪었습니다. 광주에서의 경험은 제 삶에서 결코 벗어날 수 없는 족쇄와 같습니다. 그러므로 역사와 민족, 민주주의에 대한 시를 쓰지 않을 수 없습니다. 「독섬을 노래함」, 「어린 시민군」, 「2020년 1월 망월동」, 「어느 묘비명 앞에서」, 「도보다리 위에서」, 「동창리에 울려 퍼진 만세 소리」, 「봉오동의 별 홍범도 장군」, 「꽃잎의 노래」, 「김마리아」에서 독도, 광주 해방구 시절, 광주민주항쟁, 민족 화해, 3·1 혁명 때 김덕원 열사, 홍범도 독립군 장군, 일본군 성노예, 독립군 여성 김마리아에 관한 시를 썼습니다. 역시 이야기시로서 제가 인물이나 역사시에서 즐겨 쓰는 장시 형태로 썼습니다.

「독립군 어머니 남자현」이라는 시는 제가 연작시로 마음먹고 쓴 장시입니다. 남자현 열사의 연대기를 시로 쓴 것으로서 제가 가장 잘할 수 있는 분야의 시를 정성스레 완성한 것입니다. 저는 남자현 열사를 제 시를 통해서 독자들에게 알릴 수 있어 참 기쁘게 생각합니다. 이런 내용과 형식의 시를 제 분야로 삼아 앞으로도 계속 써 볼 생각입니다.

너에게 내가

당신, 나해철은 시가 삶의 비의에서 나오는 신음 같고, 사물들과의 교신에서 오는 신비로운 노래라고 주장하시는데 나, 박선욱은 동의하기도 하지만 그것만이 시가 아님을 말합니다. 당신은 시가 어떤 순간 인간의 삶에서 독립한 별개의 생명체로 세상에 존재할 수도 있다고까지 하시는데, 나는 아직 그렇게 말하고 싶지 않습니다. 당신은 시가 또 언어 뒤에 숨은 그림자까지를 거느리는 마법의 존재일 수 있다고 하는데 나는 여전히 시의 평이함과 통속성을 중요하게 생각합니다.

당신, 나해철은 시가 언어를 갈고 닦아서 생겨난 강한 리듬의 노래 가사와 같다고 하시는데, 나, 박선욱은 그것에 더해서 또 시가 긴 이야기일 수도 있다고 강력히 주장합니다. 그리고 그런 시에 있어서는 긴 호흡의 리듬이 필요한 시 형식을 갖게 된다고 말합니다. 당신은 시가 우주의 리듬을 옮긴 것이기 때문에 시 속에 반드시 특별한 무엇이 꼭 있어야 한다고 하시는데, 나는 시가 인간의 역사를 읊은 정성스런 기록화라고 생각합니다.

당신은 시인이 사력을 다해 계속 매일 매일 시를 쓰면 반드시 세상의 모든 것을 긍휼하는 시를 쓸 수도 있을 것이라고 생각하시는 것 같은데 나는 그전에 시인이 거기에

도달할 수 없다는 예감에 절망해서 주저앉을 수도 있다고 여깁니다.

나는 어떤 시인에게도 시가 생활보다 우선할 수 없다고 생각합니다. 당신은 시가 구원이라고 하면서 그 구원이 전 인류를 구하는 것이 될 수도 있을 것이라고 은연중에 믿으시는 것 같은데 나는 우선 시가 그 시를 쓴 시인의 구원에 합당하는 것이 더 옳다고 생각합니다. 저는 제 시가 먼저 저를 구원했으면 좋겠습니다.

당신은 나이고, 내가 당신이니 이런 논쟁과 구별이 무슨 소용이 있겠습니까? 우리 사이에, 나와 나 사이에 이 모든 시가 있습니다. 내가 시를 꿈이라 하고, 또 내가 시를 생활이라 합니다. 시가 꿈이었다 생활이었다 합니다. 시는, 당신인 나와 나인 당신에게 영원한 그 무엇입니다. 움켜잡을 수 없는 사랑입니다. 그래서 나와 나는 언제나 시 앞에서 서럽습니다.